Illustration de couverture : « Dimanche rouge en 1905 », huile sur toile de Wojciech Kossak

Jean Duplay

L'AMERIQUE EN BALLON

Conte russe, en deux parties

A Fiodor Mikhaïlovitch Dostoïevski

Admiration et gratitude

Ouvrez-moi cette porte où je frappe en pleurant

Apollinaire, Le Voyageur (Alcools)

L'AMERIQUE EN BALLON

deuxième partie

LA FLÈCHE DE L'AMIRAUTÉ

I

PALMARES

Dans la maison sur la place, le poêle de faïence bleu et jaune s'est éteint il y a bien une heure ou deux. La neige tombe à gros flocons et recouvre la ville ; le froid rampe à travers la pièce, étreignant le berceau vide. La graisse a figé dans l'assiette et les récipients abandonnés sur la table. Des dentelles de givre font un dessin compliqué aux carreaux de la fenêtre, au rebord de laquelle défilent les cafards. Un tas de linge sale gît dans un coin, à côté d'une valise en carton bouilli à moitié défaite et d'un matelas replié, constellé de taches sombres. Des senteurs mélangées font une draperie lourde, où l'on reconnaît la note âcre de la vieille poussière, avec la crasse récente des vêtements ; celle, plus humide, de la moisissure, se mêle à une odeur forte de suint ranci et de vinasse. La flamme insouciante de l'alcool flotte sur l'ensemble ; mais il y a autre chose, peut-être la sanie, quelque chose de funèbre qui rôde encore, main glacée. Et aussi, presque évanoui, comme le chant d'un oiseau envolé, le trille délicat d'un parfum de femme, luxe inattendu dans ce bouge. Le bureau est encombré de feuilles éparpillées ; il y a là encore une boîte en fer blanc (est-ce la même ?) avec une étiquette jaunie, un encrier renversé.

Sur un meuble d'angle trône une icône noircie, dont on distingue mal le sujet ; une mince bougie carrée est placée devant, éteinte. C'est la bougie des morts.

Raskolnikov se tourne et se retourne sur sa paillasse de fortune. Trois heures viennent de sonner au clocher voisin.

Une fois de plus, il s'est réveillé au creux de la nuit borgne. Seul avec ses souvenirs, il songe. Des pensées obstinées l'assaillent comme chaque nuit, et mènent la sarabande.

Un ressort s'est cassé dans le monde ; ou bien est-ce en lui, comment savoir ?... Puis sa jeunesse enfuie comme un grand navire, au jour perdu de brume...

La tentation revient avec une régularité de métronome, et la rage lui dévore le cœur. Comme il serait bon, oui, comme il serait doux de les tuer tous, de les étriper, de les anéantir, de les payer en retour pour toute cette souffrance, toute cette injustice !... Après tout, il sait bien le faire !...

A son retour du bagne, douze ans plus tôt, l'horizon clair se déroulait à ses pieds, comme un tapis d'argent. Le solstice avait dilaté les jours heureux de Peterbourg presque au point d'éclater ; à la pointe Vassilievski, il était venu contempler longuement la Neva, y déceler trace de la fêlure initiale, huit-reflets du malheur, oracle aux yeux d'algues.

Mais seul son visage incertain, masque improbable, flottait au miroir de l'eau mouvante, flux croisés-roulés aux pieds des sphinx, gardiens éternels des deux rives, portiers de l'au-delà.

Au centre, la flèche de l'Amirauté, fibule dorée, épinglait le fleuve au ciel, écharpe d'étincelles piquée au drapé boréal.

A côté sur son coussin de pierre gisait le dôme de saint Isaac, tiare cannelée perdue là par Pharaon.

Au delà – Canaan. Respiration tiède, parfum d'asphodèles. La Ville attendait, cœur battant, soumise à son désir. L'aube en voiles déchirés glissait ses doigts de roses sur le front bleu de son regard perlé de larmes ; le vent lui chuchotait, au jardin de Tauride, la promesse du Monde. Des stryges galopantes hurlaient au loin leur désespoir et s'enfuyaient aux confins de la nuit.

L'avenir était là, palpitant – le temps retenait son souffle, suspendu à son pas.

Au lendemain des examens Raskolnikov s'était rendu avec Sonia, Dounia et Razoumikhine, dans le grand amphithéâtre de l'université. La salle, chaude comme une serre en ce premier jour de l'été, bruissait d'une rumeur joyeuse ; les familles bourgeoises étalaient leur aisance, les hommes en frac, les femmes en robes de soie aux motifs orientaux ; aux rangées basses les étudiants rivalisaient d'élégance, cependant qu'au premier rang s'alignaient les professeurs, en toges et en bonnets carrés, et quelques officiels en uniforme. Dans les paniers de pique-nique on entrevoyait les bouteilles de la fête champêtre qui allait s'étaler dans les jardins, la cérémonie terminée.

Le président, un gros homme rougeaud, chauve et suant, introduisit rapidement la séance dans un brouhaha d'impatience, puis donna la parole au juge Porphyre. Ce dernier, doyen de la faculté de Droit, était chargé de la proclamation des résultats ; dans un silence attentif on lui tendit l'enveloppe, il rompit les cachets et commença à lire la liste des lauréats par ordre de mérite. En troisième position, c'est avec un sanglot d'émotion qu'il annonça : « Rodion Romanovitch Raskolnikov ! ». Il s'interrompit, ôta ses lunettes, tira de sa poche un mouchoir à carreaux rouges et blancs qu'il déplia précautionneusement ; il essuya ses verres puis se moucha avec vigueur, émettant un bruit de trompe marine.

Etonnés, la plupart des assistants se retournèrent sur cet étudiant à la maigreur inquiétante soulignée par les vêtements noirs démodés, qui se dressait lentement. Blême, il s'avança vers la tribune au milieu des chuchotements et des exclamations étouffées.

- Mais qui est-il ? Je ne le connais pas !

- Mon Dieu ! Comme il est pâle !
- Vous avez vu son crâne rasé ? On dirait un bagnard !
- En tous cas, il n'est pas du monde, ça se remarque au premier coup d'œil !

Tout tremblant, Porphyre s'était levé pour l'accueillir ; il lui tendit le parchemin puis l'étreignit avec effusion, familiarité totalement incongrue devant un tel parterre. Ce petit homme rond et exubérant avait toutes les peines du monde à se contenir ; en trois pas bondissants, dans une sorte de transe, il fit le tour de Raskolnikov qui se tenait raide et médusé, ne sachant quelle contenance adopter.

Enfin Porphyre s'arrêta, souffla bruyamment, embrassa Rodion encore une fois en lui glissant : « ah, mon petit, mon petit ! J'ai toujours cru en toi, le savais-tu ? Mais tout de même, quelle surprise ! et quel bonheur !… »

Puis, d'une voix brisée, il s'adressa au public interloqué :

- Il se trouve que Rodion Romanovitch, dont je suis le professeur, est un jeune homme particulièrement méritant, qui a vécu des événements très difficiles. Il a malgré tout réussi à surmonter ces épreuves auxquelles bien peu auraient résisté, et à terminer brillamment ses études.

Mesdames et Messieurs, bien que ceci ne soit pas très protocolaire, et sans que cela gâte en rien l'estime que nous devons aux autres lauréats, je vous demande solennellement de l'applaudir.

Rodion leva alors le bras d'un air farouche, stoppant net les premiers crépitements qui retentissaient déjà au fond de la salle ; dans un silence étonné il prit la parole, martelant ses mots qui retentissaient sous les marbres et les bois dorés de la salle d'apparat.

- Le doyen Porphyre Pétrovitch ne vous a pas tout dit à mon sujet ; je lui sais gré de sa délicatesse. Cependant, avant de vous laisser aller à l'enthousiasme je me dois, par scrupule d'honnêteté, de vous préciser que l'homme qui est là, devant vous, cet homme vous le connaissez, mais vous ne le reconnaissez pas encore ; cet étudiant pauvre et courageux, cet exemple pour la jeunesse, n'est en réalité qu'un vulgaire assassin qui vient de passer près de sept années au bagne, et y retourne dès demain purger le restant de sa peine.

Il savoura son effet. Les murmures et les conversations s'étaient interrompus ; les sourires s'étaient figés, les visages étaient graves et tendus.

Une dame richement vêtue, parée de bijoux imposants, se leva et l'apostropha :

- Est-ce bien de vous-même que vous parlez ainsi, jeune homme ? Qui êtes-vous donc, et qu'avez-vous fait de si étrange ?... Expliquez-vous, que diable, et sans faux-semblant ! Vous en avez trop dit, vous piquez notre curiosité ! Vous devez donc nous satisfaire, si vous êtes un gentilhomme !

Des exclamations fusèrent du public. En souriant d'un air dur, Rodion reprit :

- J'ignore si l'on peut encore me qualifier d'un tel titre, Madame, mais vous me l'avez demandé si noblement que je ne puis m'y soustraire. Oui, vous l'avez deviné, c'est bien de moi qu'il s'agit. Vous souvenez-vous encore de cet étudiant qui avait tué l'usurière et sa sœur pour les voler, il y a huit ans, ici même, près du canal Griboïedov ?… La presse a beaucoup parlé de son procès, certains d'entre vous y ont peut-être assisté… Et maintenant le voici là, devant vous, fantôme vivant de cette affaire sordide, et c'est lui que vous vous apprêtiez à ovationner. Mon histoire est tristement banale ; et je n'ai aucun mérite particulier à avoir repris mes études. On s'ennuie tellement, en prison… Vous pouvez me huer à votre aise à présent ; vous avez le droit de me rejeter et de vous persuader de votre suprématie d'honnêtes gens sur un vil assassin. Oui, vous pouvez encore y croire ; alors, ne vous en privez pas ! Demain peut-être, c'est vous qu'on traînera au bagne, car nul ne sera innocent de ce qui se prépare ; riez donc à mes dépens, pendant qu'il est temps !

Des mouvements divers se firent dans l'amphithéâtre. Certains se levèrent en faisant claquer leur siège, outrés par ce discours, et sortirent avec emphase ; des cris retentirent :

« Assassin ! Voleur ! Nihiliste !… »

Mais la comtesse N…, restée debout, prit la défense de Rodia et un bon nombre d'étudiants, acquis aux idées nouvelles, se mirent à applaudir et à siffler les bourgeois qui quittaient la salle. La confusion était à son comble ; le président, assis au premier rang avec le recteur et les conseillers d'Etat, s'était dressé comme un polichinelle et, face à la foule, tentait de rétablir le calme par de molles exhortations, noyées dans un brouhaha. Le juge Porphyre bondissait en tous sens, discourant et riant, ému aux larmes, sans que quiconque prît garde à ses propos décousus ; impassible, Rodion Romanovitch restait là, promenant sur la mêlée un regard flamboyant, entouré par ses amis qui s'apprêtaient à lui faire un rempart de leurs corps.

Soudain, un sifflement strident retentit. Le commissaire Fomitch apparut, encadré par deux agents. Il s'arrêta sur le seuil, la mine sévère, et clama d'une voix de stentor :

- Du calme, Mesdames et Messieurs, du calme, s'il vous plaît, ou je fais donner la garde ! Il y a un peloton de gendarmes à mes ordres, dans le couloir. Allons, allons, du calme ! Voilà, c'est mieux !... C'est bien, c'est bien. (Il se radoucit). Nous sommes entre gens de bonne compagnie, n'est-ce pas ?... Tous ici, je dis bien : tous, tant que nous sommes. Et maintenant que vous m'écoutez attentivement, j'ai une déclaration officielle à vous faire.

Il descendit les marches, échangea quelques mots en aparté avec le président et le juge, puis il monta à la tribune où il prit place entre eux ; Rodion resta debout sur l'estrade, au pied de laquelle les agents avaient pris position.

Le commissaire déplia un parchemin en prenant une mine solennelle, et en fit lecture d'une voix forte.

- Au nom de l'empereur , autocrate de toutes les Russies ;

La cour suprême de justice, réunie à huis clos afin d'examiner les grâces et requêtes du parquet impérial ;

Statuant sur le cas de Rodion Romanovitch Raskolnikov, condamné à sept ans de travaux forcés pour un double assassinat et un vol crapuleux ;

Attendu que le comparant a purgé l'essentiel de sa peine en faisant preuve d'une bonne conduite sans faille ;

Attendu que celui-ci, par ses efforts personnels, a obtenu pour lui-même la licence en droit de l'université impériale de Saint Peterbourg avec la mention « très honorable », décernée ce jour en votre docte assemblée ;

Attendu au surplus que cet homme, qui a accepté d'instruire les condamnés incultes dans le cadre de la politique de réhabilitation des prisonniers, les a amenés, par ce comportement exemplaire et désintéressé, à l'obtention du diplôme du premier degré de langue russe ;

Par application des lois et règlements de l'empire, et par une faveur spéciale de notre empereur bien-aimé dans son infinie sagesse ;

ARRETE :

- article premier : le sieur Rodion Romanovitch Raskolnikov est dispensé d'effectuer les sept mois et douze jours restant à courir sur sa peine principale.

- article deux : le solde de celle-ci est commué en une relégation d'une durée de quatre ans.

- article trois : du fait de son diplôme et de ses compétences, et compte tenu des besoins en développement des provinces limitrophes, le susnommé sera mis à la disposition du gouverneur d'Iékaterinbourg pendant toute la durée de sa relégation.

- article quatre : le présent arrêt est d'exécution immédiate ; un sursis d'un mois à compter de ce jour est néanmoins accordé au condamné pour quitter la capitale. Avant le terme de la relégation il ne pourra franchir les limites du gouvernement de l'Oural, sauf autorisation exceptionnelle et limitée accordée par l'autorité impériale.

Raskolnikov n'entend pas la formule exécutoire qui suivit ; un bourdonnement incoercible avait envahi sa tête au fil de la lecture, tandis que sa pâleur naturelle était devenue effrayante. A l'énoncé de la sentence, il chancela puis tomba à genoux. L'image de Nicodème Fomitch descendu de la tribune tournoyait devant ses yeux, comme une feuille d'érable prise en un tourbillon, tandis qu'il le soutenait d'une main fraternelle ; il lui chuchota quelques paroles, qui par miracle lui parvinrent, irréelles, hachées par la clameur furieuse du sang dans ses oreilles :

- Allons, mon vieux, remets-toi ! Te voilà revenu de la maison des morts, une vie nouvelle t'attend... Il te faut te lever et marcher!

Une sorte de voile, gris et cotonneux, l'environnait maintenant ; au milieu des cris et des applaudissements, il perdit connaissance tandis que les cheveux de Sonia, penchée sur son visage, l'ensevelissaient sous une cascade d'or. Une larme salée, tombée sur ses lèvres, le fit penser à la mer Noire au flot insondable, chaude et sombre comme la mort douce dont enfant il avait rêvé, affalé sur le sable volcanique bordé d'écume... Tout était bien ; c'était donc ainsi que les choses finissaient, comme au commencement. Pas de douleur, pas de remords ; l'âme lavée par le sel, le corps aspiré par la terre poreuse, il allait se dissoudre dans un sommeil sans rêve, sans cauchemar non plus, et le bruit allait cesser enfin. Enfin ! Enfin !...

Il se réveilla sur son grabat, et trouva face à lui le regard inquiet du docteur Zossimov.

- Décidément, mon cher Rodion Romanovitch, chaque fois que mon ami Razoumikhine me fait mander je vous trouve au lit ! Vous êtes un incorrigible sybarite !...

Non, ne dites rien, et surtout ne protestez pas : vous êtes né ainsi, vous finirez de même. La Science ne peut rien contre une telle fatalité. La vie d'un fainéant est mortellement fatigante, aussi laissez-vous aller à votre penchant naturel : reposez-vous. Mais ne mangez pas trop : ça vous épaissirait le sang et vous aigrirait la bile. Une croûte de pain le matin, un bouillon de poule le soir ; voilà l'essentiel de l'alimentation qu'il vous faut pour l'instant. J'insiste surtout sur le bouillon de poule : il n'y a pas de meilleur reconstituant, et de surcroît l'humeur gallinacée a le don de vous remettre les idées à leur juste place ; ce dont vous avez le plus grand besoin, à en juger par vos délires. Savez-vous, mon cher ami, que vous parliez encore de cette vieille ?... C'est décidément une obsession, il va falloir vous en débarrasser et la laisser rôtir tranquillement en enfer. Mais ça, ce n'est plus mon rayon. Vous devriez peut-être en parler à votre confesseur, si vous croyez encore à ces niaiseries ; quoi qu'il m'en coûte de vous l'avouer, je ne vois plus que cela. Mais Monsieur est un esprit fort, à ce qu'il paraît ; croyez bien que je ne vous en blâme nullement.

Dans ce cas, il vous faudra penser à autre chose ; tenez, faites-nous donc de beaux enfants, c'est un excellent dérivatif !, ajouta-t-il en posant un regard songeur sur les hanches de Sonia.

- Et maintenant, je dois vous laisser, car j'ai une tournée à faire, et l'on m'attend à l'hôpital. Allons mon ami, adieu. Non, très chère Sonia, non, gardez votre argent : je ne fais pas payer un ami, encore moins quand il n'a rien. Je ne suis pas le médecin des âmes… Mais surtout n'oubliez pas : le bouillon de poule, un remède souverain contre la langueur ! Avec un peu de moëlle de bœuf, c'est encore meilleur !… Adieu Rodion, et chassez vos fantômes ! Il y a suffisamment de vivants autour de vous, ne vous encombrez donc pas des morts !

Raskolnikov passa ainsi plusieurs jours alité, entouré des soins de ses proches. Malgré les recommandations de Zossimov et bien que son état physique s'améliorât de jour en jour de façon spectaculaire, les revenants se succédaient à son chevet, mêlés au défilé des visiteurs, sans que nul n'y prît garde. Seul le petit Aliocha, le fils chéri de Dounia qui ne parlait pas encore et jouait à des jeux mystérieux par terre, au pied du lit, parfois aussi Sonia, levaient des yeux étonnés au passage d'un spectre que nul autre ne pouvait percevoir.

Rodia avait été particulièrement touché de retrouver les enfants de Catherine Ivanovna qui passaient fréquemment à la maison.

Apolline la raisonnable, une grande et belle fille de dix-sept ans, avait le regard noir et le port altier de sa mère ; sur son visage espiègle passait parfois un nuage sombre, reflet du passé ou écho d'une mélancolie plus profonde.

Elève en classe de philosophie à l'institut Smolny, Polia suivait aussi les cours du conservatoire impérial de Musique. Elle affectionnait les grands airs romantiques avec une prédilection pour Frédéric Chopin, qu'elle interprétait de façon aérienne sur le demi-queue qui trônait au salon, loué à grands frais par Dounia.

Nicolas Dmitrievitch, qui venait de fêter ses quinze ans, terminait sa première année à l'école des cadets de la garde où il avait été brillamment admis. Jeune homme de belle prestance, il paraissait un peu emprunté dans son uniforme de sortie, et semblait – déjà - désenchanté.

Il avait eu du mal à se faire une place dans le milieu très fermé des élèves-officiers, pour la plupart issus de la meilleure noblesse ; on l'avait brocardé de n'être que le petit-fils d'un colonel à l'honneur perdu, et il avait subi leurs quolibets en serrant les dents. Les instructeurs avaient des méthodes très dures et injustes, surtout le lieutenant Devillers. Ce dernier était un dévoyé qui descendait d'un sous-officier de la garde de Napoléon, capturé sans gloire alors qu'il s'était perdu dans la brume à la tête de son détachement, dans les marais de la Trinité saint Serge.

Un samedi soir de décembre, Kolia s'était querellé au dortoir avec un jeune baron qui l'avait traité de moujik ; en guise de punition Devillers, qui était de garde et s'ennuyait, l'avait contraint à courir pieds nus dans la neige sur le *marshfeld*[1] gelé ; puis, narquois, il lui avait ordonné de se présenter au poste de police à dix reprises, à trois minutes d'intervalle, toujours revêtu d'une tenue différente. A chaque présentation l'officier plein de morgue l'inspectait minutieusement, le frappant du plat de son sabre au moindre prétexte.

Pour pimenter le tout, le français avait fait mander une fille qui traînait près du corps de garde ; et tout en la faisant boire il commentait pour elle avec force sarcasmes la gaucherie du jeune cadet, essoufflé et rouge de honte. Son cœur blessé saignait sous les éclats de rire, cascade cristalline, et le regard charmant de la cruelle, couteau d'obsidienne.

Le baron quant à lui n'avait pas été inquiété ; le courage de l'instructeur n'allait pas jusque là… . Serrant les poings, Nicolas s'était juré de laver cet affront dans le sang; mais il s'était tu, subissant l'épreuve jusqu'au bout sans se plaindre, dans sa volonté farouche de ne pas perdre la face.

Le lendemain, honteux et admiratif devant un tel sang-froid, le baron N… lui avait présenté ses excuses, lui offrant son amitié et sa protection.

---

[1] En allemand dans le texte

Le prestige de Nicolas avait alors grandi, et à plusieurs reprises il avait pu faire la démonstration de sa force de caractère et de son intrépidité, suscitant l'admiration de ses camarades.

Désormais à l'exercice le lieutenant Devillers, qu'un silence glacé accueillait, évitait de croiser le regard vengeur de Kolia ; impressionné sans doute, il avait rapidement cessé ses vexations à son encontre. Mais le jeune cadet ruminait son humiliation ; il rêvait de défis, de duels, de combats singuliers.

Il en parlait souvent avec Rodion ; le sujet occupait son esprit en permanence.

Il voyait dans la fraternité des armes une sorte de chevalerie où tous étaient égaux, où chacun se destinait à offrir à l'empereur le sacrifice de sa vie sans haine ni calcul, pour sauver la Russie et œuvrer à l'avènement du Bien. Dans ce songe glorieux la brutalité, la trivialité et la bêtise n'avaient pas de place ; l'abus de pouvoir de l'officier le révulsait comme une trahison de cet idéal arthurien. A travers la blessure infligée à son amour-propre c'est le sang du Christ qui s'écoulait dans le cratère mystique, le flanc percé par la lance d'une soldatesque abjecte.

Rodion eut fort à faire pour le dissuader de son projet ; il lui fallait comprendre que l'affront salissait seulement celui qui l'infligeait et qu'il valait mieux en dénoncer publiquement l'auteur, usant ainsi des ressorts de la honte plutôt que du sabre ou du pistolet ; et que le véritable honneur consistait à pardonner, même et surtout à l'adversaire le plus odieux, le plus vil. Combien d'œuvres sublimes sont mortes avec Pouchkine, et quelle confusion chez ses assassins s'il avait répondu à la provocation par une simple épigramme ! Qu'il est donc étrange, ce sens de l'honneur qui ne tourmente que ceux qui en sont pourvus, et les fait souffrir ainsi par pure noblesse d'âme ! Et pourtant il est inné, chez certains êtres parmi les plus grands, et cela n'a rien à voir avec une position sociale. Ce sentiment doit être cultivé comme une plante rare et précieuse, mais il n'en faut user qu'à de rares instants décisifs : il s'agit là d'un don du ciel qui nous inspire les œuvres les plus élevées, pour peu qu'on ne le dévoie en débats stériles avec la racaille des envieux…

Cependant, un autre sujet occupait leurs conversations, comme celles de beaucoup de gens éclairés de l'époque.

Avec ses meilleurs amis, Nicolas avait fondé une société secrète, « les frères de justice », dont le projet était d'amener l'empereur à accepter une constitution et restituer au peuple les libertés réclamées en vain depuis si longtemps. Les cadets, qui se réunissaient dans une pièce cachée du « château des ingénieurs », cette immense bâtisse pseudo-médiévale aux multiples recoins dont les corridors renvoyaient encore l'écho des cris du tsar assassiné, professaient une admiration sans bornes pour leurs ancêtres décembristes et restaient attachés au principe monarchique, seul garant à leurs yeux de l'unité du peuple russe. Ils considéraient que les tensions sociales nées de l'abolition du servage et de l'industrialisation croissante, la naissance d'une bourgeoisie, les aspirations démocratiques d'un pays qui avait vaincu Napoléon mais auquel ce dernier avait inoculé le ferment révolutionnaire, tout cela rendait la réforme urgente et nécessaire afin de rétablir l'harmonie perdue.

Rodion Romanovitch, évitant de prendre ouvertement parti en sa faveur, écoutait le jeune homme avec bienveillance et le mettait en garde contre les menaces qui pourraient peser sur son petit groupe.

Mais ces discussions passionnées eurent surtout pour effet de le distraire de ses idées noires . En cela elles étaient salutaires ; en cela aussi qu'elles firent naître une profonde amitié entre les deux hommes. Rodia (plus encore que Dounia, que l'instinct maternel portait à entourer le petit Aliocha de ses soins les plus doux) se sentait investi d'une sorte de mission auprès des enfants de Catherine Ivanovna ; celle-ci était venue le visiter, parmi d'autres fantômes, et il se souvenait du regard doux et aimable qu'elle lui avait porté comme en écho de la confiance désespérée qu'elle lui avait manifestée dès leur première rencontre. Elle avait reconnu en lui un être de sa trempe et salué sa noblesse d'âme ; que n'auraient-ils pu faire ensemble s'ils s'étaient rencontrés plus tôt, si le destin n'avait été aussi cruel !

Adélaïde était le vivant reflet de sa beauté passée. Mais cette fraîche adolescente, tout juste sortie de l'enfance, paraissait nimbée d'une sorte d'aura mystérieuse ; de ses grands yeux profonds elle interrogeait les êtres et les choses, et la magie de ce contact les faisait trembler d'une vibration muette. Avec une calme certitude elle lâchait de rares paroles, naïves et abstraites, dont la puissance réveillait des cascades d'images.

L'hermétisme de ses propos, le regard bleu un peu trop fixe, l'inaptitude à suivre une scolarité normale, certaines bizarreries de son comportement avaient porté peu à peu son entourage à accepter l'idée que la misère de son enfance, la vision du père ensanglanté agonisant, la folie de sa mère, toute cette accumulation de malheurs avait affaibli sa raison.

En désespoir de cause, Avdotia Romanovna avait confié cette simple d'esprit aux sœurs de la Charité qui s'ingéniaient à lui inculquer une éducation chrétienne et s'émerveillaient de sa voix d'ange.

En sa présence, Rodion sentait une paix inconnue l'envahir ; il prenait un plaisir étrange à suivre ses paroles vagabondes qui dévidaient le fil d'une logique convulsive. Les signes du langage répondaient subtilement aux menus accidents du quotidien ; l'invisible y devenait le tissu d'une autre réalité, des correspondances improbables prenaient corps et s'imposaient soudain comme des évidences ; l'infime rejoignait l'infini dans ce qui semblait une récitation minutieuse du dit et du non-dit, du majeur et du mineur, le sabbat des mots et du corps, les noces primitives de la terre et du ciel, la naissance de la Poésie. Son visage, d'une beauté bouleversante, semblait s'absorber en lui-même, les yeux en dedans, dodelinant au rythme de la phrase qu'elle chantonnait, mélopée nostalgique ; il s'éveillait d'un coup à sa propre lumière, comme les feux du soir autrefois sur la steppe kirghize.

Rodia se laissait porter par cette cadence hypnotique, navire égaré à l'embouchure du rêve, et les murailles à nouveau s'évanouissaient, le laissant s'échapper librement et flotter, phénix au firmament d'azur. Il jouissait de toutes ses forces de ces instants magiques, dont il ressortait lavé de toute hantise, purifié de ses doutes, avec une curieuse sensation de déjà vu, de déjà vécu...

Adélaïde vivait dans un rêve permanent ; elle voyait souvent le Christ, les anges étaient ses compagnons de jeux. Elle dormait les yeux ouverts et vivait les yeux mi-clos, l'esprit tourné vers un monde aux mythologies compliquées.

En d'autres temps, on l'aurait crainte et honorée comme la Sibille sur le trépied d'un temple apollinien ; mais maintenant nul autre que Rodion ne cherchait à percer le secret de sa jacasserie, qui parait le silence d'escarboucles miroitantes.

Une passion commune des Evangiles la rapprochait de Sonia et souvent à la veillée elles se mettaient un peu à l'écart pour lire à voix basse les textes sacrés, afin de ne pas déranger les autres par leur bavardage.

Curieusement, pour commenter les Ecritures Adélaïde retrouvait des mots simples avec lesquels elle développait une pensée originale, frôlant parfois l'hérésie.

Elle énonçait entre autres choses que le Saint-Esprit était la Femme, la mère et l'épousée, rose mystique du jardin d'Eden dont on avait pris le bois pour fabriquer la croix, et la ronce pour couronner le Christ. Mais ses pétales oubliées par le bourreau s'étaient envolées et flottaient sur Peterbourg dans l'aurore hivernale, consolation des orphelins endormis sur les trottoirs gelés…

Et le jour où elle rassemblerait les plis épars de sa robe bleue, foulant de ses pieds la Néva serpentine, un flot de sang noierait la Ville et le pays entier pour une durée de sept fois dix ans ; ce serait là le début de l'accomplissement des temps…

Sonia buvait ses paroles et lui racontait d'autres fables afin de la distraire de ces pensées étranges, sachant d'instinct à quel point ces propos naïfs pouvaient être dangereux. Elle mettait Lyda en garde de ne pas les répéter au dehors ; mais elle percevait en même temps le caractère sacré voire prophétique de ces paroles vertigineuses.

Après quelque temps, Rodion Romanovitch quitta le lit et se remit à s'alimenter normalement.

Un dimanche au repas du soir, alors que les enfants étaient retournés à leurs internats respectifs, Sonia s'enhardit à parler du journal de Catherine Ivanovna, et elle révéla à Dounia et à Razoumikhine les secrets de leur filiation. Raskolnikov protesta qu'elle avait déjà raconté cette histoire et que cela n'intéressait en rien leurs hôtes, qui d'ailleurs n'avaient pas connu Catherine ; à quoi Avdotia répondit sur un ton sans réplique que bien au contraire tout ce qui concernait les enfants, qu'elle considérait désormais comme les siens, l'intéressait au plus haut point.

Ainsi déterminée à poursuivre, Sonia reprit au point où il l'avait interrompue :

- Mais non, Rodetchka, tu ne sais pas tout encore ; rappelle-toi, à l'infirmerie, comme j'avais dû te quitter sans avoir eu le temps de te parler de notre chère petite Lyda.

J'ai du mal à le dire, car cela pourrait être mal interprété, concernant la conduite de Catherine Ivanovna, dont je respecte tant la mémoire. Oh, Katia, toi qui m'as accueillie comme une mère, comme je t'ai aimée…

Un sanglot se brisa dans sa gorge. Elle reprit doucement :

- Catherine avait suivi Dmitri au bagne et l'avait épousé ; de leur union était né Nicolas. Malheureusement, peu de temps après la naissance et alors que son procès allait être révisé avec de bonnes chances de succès, Dmitri mourut subitement d'une fluxion de poitrine, sans doute favorisée par le chagrin et les privations.

Agraféna Alexandrovna, chez qui Catherine avait finalement trouvé refuge avec les petits, était restée en relations épistolaires avec Aliocha, le troisième frère Karamazov, celui qui avait abandonné sa vocation (elle se signa en disant ces mots) après la mort de son père et celle de son starets[2]…

- Epargne-nous au moins les gestes ! s'exclama Rodion agacé ; cet homme a parfaitement bien fait ! En voilà un qui a su s'affranchir de la bêtise cléricale, et qui a manifesté son refus par une protestation solennelle contre ce Dieu d'indifférence ! Eh quoi ! Savez-vous au moins pourquoi il s'est défroqué, celui-là ?… On me l'a raconté au bagne, l'histoire est devenue légendaire. Figurez-vous qu'il était sur le point de prononcer ses vœux et de se cloîtrer dans le monastère de ce starets Zossime, qui l'avait adopté comme son disciple préféré ; et voici que ce maître spirituel, cet homme saint et révéré comme tel dans toute la contrée et bien au-delà, vient à mourir, comme tout un chacun (entre nous soit dit, il paraît qu'il aurait avoué sur son lit de mort avoir eu une vie bien remplie, et pas seulement de prières !).

Tout le monde attendait un miracle ; c'était le moins qu'il pût faire en s'en allant, pour l'édification des fidèles imbéciles qui le veillaient ! Comme saint Serge et bien d'autres à sa suite le bruit courait que son corps, pour le moins, ne se corromprait

---
[2] sorte d'ermite considéré comme saint par la ferveur populaire

pas et répandrait un doux parfum de rose, avant l'enterrement…. Au lieu de quoi… Notre Aliocha, qui priait au premier rang de la veillée funèbre, et au deuxième soir seulement, a été le premier, malgré l'encens qu'on répandait à flots, malgré le monceau de fleurs blanches au parfum entêtant, à la flairer, à la humer, cette horrible puanteur !

Epouvanté, révolté à l'idée que le Dieu d'amour se soit subitement détourné de son peuple, notre ami pourtant si pieux, s'est enfui à toutes jambes, et les moines ne l'ont plus jamais revu !… Et c'est au décours de cette nuit-là, dans les ténèbres de Golgotha où nous étions plongés, loin de Son regard, dans les pleurs et les grincements de dents du Shéol entr'ouvert, que le père Karamazov a été assassiné ! Car cette nuit-là, au grand bal barbare du bien et du mal, l'on vit le dieu Pan danser au son des sistres et des grelots, et soudain tout est redevenu possible, comme avant… Mais avant quoi ? s'écria t-il dans un silence pesant, les yeux tournés en dedans, un étrange sourire aux lèvres.

- Rodia, mon Rodetchka, je t'en supplie, tu me fais peur ! s'exclama Sonia, toute tremblante.

Mais il reprit triomphalement, comme s'il n'avait rien entendu :

- Non, n'attendez rien de ce Dieu qui s'est détourné de vous ! Il ne vous aime pas, c'est une imposture ! Sinon pourrait-il tolérer un seul instant nos malheurs, notre misère, cette tristesse infinie de nos vies ?... Le Dieu des pauvres gens est mort, on peut nous égorger comme des agneaux à la croisée des chemins, notre sang fume dans la poussière, Il ne sent même plus le fumet de l'holocauste ! Tu as bien fait, Aliocha, de cracher sur la croix, et je me joins à toi ! »

Ce disant, il fit mine de se lever et de se diriger vers le crucifix de la salle à manger ; Dounia le retint, lui disant doucement, une main ferme posée sur son bras :

- Tu as trop bu d'eau-de-vie, petit frère, et tu oublies que tu es ici chez moi. Calme-toi maintenant, laisse parler Sonia ; tu devrais avoir honte de tes blasphèmes, regarde comme elle est pâle !

Impressionné, Rodion se rassit et considéra Sonia, qui en effet était d'une pâleur extrême ; ravalant ses larmes, celle-ci prit une grande inspiration, et se lança à nouveau :

- Ce n'est rien, Avdotia Romanovna, ce n'est rien... Et je vous remercie, je sais ce que je vous dois. Vous êtes une bonne personne, Dieu vous le rendra, soyez-en certaine, et la lumière jaillira des ténèbres pour éclairer les justes. Voici la suite de l'histoire de Catherine.

Alexeï Fiodorovitch vivait alors à Moscou, dans une pension de famille, avec une malheureuse infirme qu'il avait enlevée et épousée ; celle-ci était déjà malade à l'époque où il reçut le télégramme lui annonçant l'agonie de son frère, à l'issue très prochaine.

Il sauta dans le premier train, confiant sa femme aux soins des religieuses de Novodievitchi, et se précipita à Omsk.

Il arriva juste à temps pour recueillir le dernier souffle de Dmitri qui lui confia certain secret au sujet de la mort du père dont il fut fort troublé.

Il s'était installé à l'hôtel, sur la place, déclinant l'hospitalité de Grouchegnka ; il craignait celle-ci depuis qu'elle l'avait tenté, le soir du meurtre. De fait il l'aimait pour sa beauté, son intelligence des êtres et des choses, pour sa bonté aussi à l'égard de Catherine Ivanovna. Mais en même temps il la regardait comme une créature diabolique qui avait inspiré l'amour coupable du père et la passion violente de Dmitri, donnant ainsi à Ivan le prétexte pour armer la main de Smertiakov.

Et lui-même avait honte, je ne sais pas si je me fais bien comprendre, honte de s'être laissé séduire au moment précis où le vieux succombait sous les coups de l'assassin.

C'est à cause de cette honte-là … Oui, c'est cela, la honte de ce qu'il était, la honte de cette corruption des corps, le corps du starets, son propre corps, le corps du père… C'est pour fuir cette honte et ce dégoût de soi qu'il a quitté le monastère, et qu'il a finalement obéi sans le vouloir à l'ordre douloureux de Zossime : « Tu iras dans le monde, et tu te marieras ! »

C'est aussi par honte, et par charité, qu'il a jeté son dévolu sur Lise, la petite paralytique : ainsi, en lui rendant les honneurs, en déposant sa semence comme une offrande sur l'autel de la souffrance, il accomplissait dans le même mouvement un acte de débauche et de pénitence…

Je ne sais pas si je m'exprime assez clairement, dit-elle en rougissant ; j'ai du mal à parler de ces choses, tout cela est bien embrouillé…

- C'est tout à fait limpide, au contraire ! Toutes ces bondieuseries sont répugnantes ! grommela Rodion, d'humeur chagrine. Mais décidément, je ne vois pas où tu veux en venir ; tu nous en apprends bien plus sur cet Alexeï Fiodorovitch, qui ne nous intéresse pas, que sur notre chère Catherine Ivanovna…

Sonia se troubla un peu, rougit à nouveau et répondit :

- Oui, c'est vrai, j'ai beaucoup appris récemment à son sujet ; je vais dire quoi tout à l'heure.

Mais voilà, pour Katioucha, Dieu bénisse son âme !…

Elle écrasa une larme, se moucha et reprit :

- La suite, c'est Agraféna qui me l'a raconté en détail, car le journal de Catherine en parle à peine. Aliocha avait refusé l'hospitalité des deux femmes pour les raisons que j'ai dites ; mais les circonstances funestes de sa venue, les formalités au bagne, les obsèques, le repas funéraire, le règlement de la succession, tout ce tremblement inhabituel les avait rapprochés ; de fait, il était tout le temps fourré chez elles. Et c'est par pure bonté d'âme, du moins au début, qu'il a entrepris de… consoler cette pauvre veuve, doublement veuve devrait-on dire, enfin, notre Katia, vous comprenez ?… balbutia t-elle.

- Non mais quel cochon ! lança Razoumikhine, l'œil injecté de sang. Tu as raison, Rodia, c'est répugnant, ces histoires de curé défroqué ! Pourtant je suis croyant, moi, pas comme toi, vieille branche, mais là, je suis dépassé !… Alors, l'autre n'est pas encore froid, sa femme infirme agonise à l'hospice et lui, il console la veuve ! C'est ahurissant ! Dire qu'on envoie nos enfants au catéchisme !

Dounia lui lança un regard noir. Dégrisé, il se tut.

- Continuez, Sonia, continuez ! s'exclama t-elle. Ne vous laissez pas impressionner par ces mécréants ! Ils ne savent pas ce qu'ils disent !

- La malheureuse, il faut lui pardonner ; elle était désespérée, avec ses deux petits sans père, et tous ces hommes qui mouraient entre ses bras, qui lui filaient entre les doigts pourrait-on dire, quelle malédiction ! Et la misère, en plus !

D'Ivan, elle n'avait rien reçu, si ce n'est l'amour d'un fou, et Polia en prime ; Dmitri, de son côté, ne lui avait laissé que ses dettes de jeu et Kolia à la mamelle, ah le beau souvenir !…

La succession était embrouillée, il fallait entamer un procès, un de plus ! Mais de toute façon, Dmitri ayant été condamné pour parricide, il était légalement déshérité. De plus étant mort il ne pouvait plus être réhabilité !…

Aliocha, avec son bon cœur - oui, c'est un cœur pur, Grouchegnka qui le connaît bien me l'a assuré ; toute cette malheureuse histoire n'a rien d'une cochonnerie, messieurs, vous vous méprenez ! hasarda t-elle. Mais j'ai perdu le fil. Oui, Aliocha, la voyant dans une telle détresse, avait conçu le projet de lui donner une quote-part de l'héritage du père, qu'il devait recevoir lui-même en totalité. Un soir donc il voulut lui en parler, mais il ne trouva pas ses mots.

Comme il s'emberlificotait tout en rougissant de son audace, alors qu'ils étaient seuls sur la terrasse, dans le crépuscule (mon Dieu comme c'était beau là-bas !) dans le même temps Catherine s'abandonnait à la nostalgie, la tête sur son épaule, et alors… la chose se produisit… tout naturellement, si j'ose dire… et le tempérament de Katia fit le reste. La malheureuse, elle était restée sans homme depuis si longtemps ! Il ne faut pas lui en vouloir, il faut comprendre cela ; pouvez-vous vraiment comprendre ça ?…

Devant cette tornade de désirs inassouvis, le pauvre Aliocha, saisi par le démon des Karamazov, ne put résister longtemps ; la chaste Catherine sut l'emmener plus loin, et de beaucoup, que Grouchegnka la dessalée ou Lise la petite infirme !…

Et c'est ainsi que Lyda fut conçue ; dans le deuil et la luxure, entre deux êtres purs.

Mais quand trois jours plus tard Alexeï eut le courage imbécile de revenir à son projet et trouva les mots pour lui proposer sa part de l'héritage, elle refusa avec hauteur d'être « prise pour une traînée » et elle le mit proprement à la porte.

Un mois après, quand Aliocha lui télégraphia de Moscou la mort de Lise et lui proposa le mariage, elle ne daigna même pas lui répondre, s'enfonçant ainsi par fierté dans son malheur, malgré les représentations véhémentes d'Agraféna Timoféevna (qui connaissait la vie !).

Et pour bien marquer sa détermination, elle accepta dans un même mouvement la demande d'un petit fonctionnaire veuf de passage dans la région, mon pauvre père, l'infortuné Semion Zakharitch, lequel s'empressa de l'emmener à Peterbourg de peur qu'elle changeât d'avis… C'est peu après son arrivée ici qu'elle s'est mise à tousser ; le climat ne lui convenait pas, et puis tous ces chagrins, cette amertume, les frasques de Marmeladov, le long martyre de la faim… vous connaissez la suite, hélas, et sa fin misérable…. »

II

UN HÔTE INATTENDU

Dans la nuit glacée du faubourg de Moscou, Raskolnikov songe encore. Ce matin, ils sont venus chercher Sonia.
Hier dans l'après-midi, la logeuse et les femmes du voisinage sont venues laver et habiller son corps frêle et diaphane, presque transparent déjà, comme s'il s'apprêtait à disparaître, à se dissoudre dans l'air lourd, trop lourd….
On l'a revêtue de sa plus belle robe, une robe à dentelles piquée de broderies qu'elle s'était confectionnée pour le bal du gouverneur ; sa taille retrouvée est serrée dans une ceinture de fête à motifs rouges et bleus.
Le bandeau du phylactère rituel souligne la pâleur de son front lavé de toute pensée, vidé de tout souci.
Ainsi parée, un léger sourire flottant sur son visage aux yeux clos, aux lèvres peintes, un bouquet entêtant entre ses mains fines, sa beauté semble surnaturelle, et Rodion a attendu tout

ce temps qu'elle se lève en riant, secoue ses boucles blondes et l'emmène, main dans la main, à ce mariage qu'ils ne célébreront plus.

Le mariage… elle en avait rêvé, sans doute. Comment savoir ? … Jamais, à aucun moment, elle n'en avait parlé. Au fond de lui, Rodion avait toujours ressenti l'inutilité profonde d'un tel lien entre eux.

A quoi bon un contrat, quand leurs âmes s'étaient indissolublement liées dès le premier regard ? Cette main glacée, repliée sur un humble chapelet de buis, elle la lui avait offerte depuis longtemps déjà dans cette chambre sordide, à Peterbourg, quand il était venu lui offrir en présent de noces l'aveu de son crime… Puis il avait dit : « Viens, suis-moi ! » et elle était venue sans poser de question, sans crainte et sans regret, le cœur bondissant de joie et de reconnaissance, et elle l'avait suivi jusqu'au tréfonds de la Russie, heureuse de leurs destins unis… .

N'était-ce pas là le plus beau voyage que cette cavale de hooligans, cette errance frénétique de deux grands animaux aux confins de nulle part à la recherche, mais de quoi, grands dieux, quelle importance ?…

Maintenant on l'emmenait seule dans cette grande maison ouverte, mais elle restait couchée et il suivait derrière, chien battu, seul aussi à nouveau comme il y a bien longtemps, c'était avant, avant la faute ; et pourtant il lui fallait continuer sans retrouver le goût des choses, continuer, marcher, marcher encore, marcher sans elle, comment voler sans ailes ? ou simplement tenir debout ?...

Dans la pénombre, au milieu des chants graves et des fumées d'encens, bercé une dernière fois par son sourire de madone au rythme des sanglots hoquetés des pleureuses son esprit peu à peu s'évade de son corps ; il flotte un instant sous le dôme, contemple avec surprise la foule assemblée en bas autour de Sonia endormie, et lui debout, figé, au-delà de toute vie ; un fil d'argent sort de sa bouche et monte à lui, il s'envole enfin dans le ciel de Moscou crevant le bulbe d'or de Saint Nicolas dont la surface galbée se referme derrière son passage.

Ses souvenirs sont là, brisés, éparpillés, éclats de cristal plantés dans son passé comme sur la paroi musculeuse de son cœur.

Ce soir-là à Peterbourg, la sonnette avait retenti, grêle, à la porte d'en bas.

Un inconnu s'était présenté, grand, blond, la mise soignée, le visage un peu rond grêlé de taches de rousseur. Sans s'annoncer l'homme âgé d'une quarantaine d'années avait demandé à le voir, s'excusant pour le dérangement. Razoumikhine un peu surpris l'avait introduit dans l'atelier puis était monté prévenir Rodion.

Quand il était descendu, il avait vu l'étranger approcher dans la pénombre à la lueur d'une chandelle, mais n'avait pu en distinguer les traits. En voyant briller les dents de l'autre qui lui souriait, il s'était simplement dit : « Celui-là est venu pour me tuer. Enfin je serai soulagé. Qui que tu sois, je te remercie d'avance pour ce don de paix. »

Il avait prononcé cette dernière phrase à voix haute sans se contrôler, troublé par l'émotion. Au même instant dans l'éclat bleu de ce regard tranquille posé sur lui intense et irréel comme la flamme d'un bec de gaz, Rodion avait senti une sorte de familiarité apaisante ; il connaissait celui qui était là, face à lui, certitude absurde et fulgurante. Un malaise soudain l'avait envahi à cette pensée.

- Rodion Romanovitch Raskolnikov, je présume ?... J'ignore de quel don vous parlez, mais soyez sans crainte ; mon cœur est pacifique et mes intentions pures, malgré l'heure tardive et cette obscurité. Ne pouvons-nous monter ensemble vers la lumière ?... Je vous précède, excusez mon incorrection.

Mais savez-vous ? Je vous suis infiniment obligé, et c'est cela qui m'amène ici, à peine descendu du train afin de vous rencontrer et de vous remercier, pour tout le bien que je vous dois.

Les deux hommes avaient gravi l'escalier et franchi le seuil du salon ; à cet instant l'étranger s'était retourné vers lui en souriant toujours, cependant que Rodion esquissait un mouvement de recul. Ce regard... Se ravisant aussitôt il avait saisi la main pataude, tendue vers lui comme un signal. Il ne le connaissait décidément pas ; comment avait-il pu le reconnaître ?... Et pourtant ce regard le brûlait, remuant en lui d'anciennes réminiscences…

- Je me présente à vous, c'est à vous que je le dois en premier, oui, je vous dois cet honneur : je suis Alexei Fiodorovitch Karamazov ; cela fait maintenant des années que je vous cherche.

Cette dernière phrase, prononcée à voix haute et claire, avait produit l'effet d'un coup de pistolet. Instantanément tous s'étaient figés, les mots suspendus, et les regards ébahis avaient convergé vers le visage de cette évocation surgie de nulle part, comme si le fait de l'avoir nommé quelques instants plus tôt avait provoqué son apparition.

Un sourire naïf (celui d'un enfant ravi du bon tour joué à ses parents) était venu l'éclairer, rayon de soleil inattendu dissipant aussitôt le soupçon d'odeur de soufre que d'aucuns commençaient déjà à percevoir.

- Vraiment je suis confus, Rodion Romanovitch, si vous m'accordez la liberté de vous appeler ainsi ; j'aurais dû m'annoncer, car je réalise que je suis venu troubler votre réunion, et je pense qu'il vaut mieux que je me retire. Je repasserai un autre jour. Sincèrement, pardonnez-moi cette intrusion. »

Il avait fait mine de saluer les dames et s'était apprêté à tourner les talons ; mais Dounia se reprenant l'avait interpellé, tandis que Rodia le retenait par la manche.

- Restez donc un peu avec nous, Alexeï Fiodorovitch, si je puis me permettre moi aussi une telle familiarité ; vous ne nous dérangez nullement. Je suis Avdotia Romanovna, la sœur de Rodia, et la maîtresse de cet humble logis. Voyez comme le hasard est curieux, nous parlions justement de vous à l'instant ; et soudain vous surgissez comme un diable d'une boîte, à point nommé pour satisfaire notre curiosité ! Vous ne vous en tirerez pas à si bon compte, et nous ne vous relâcherons que lorsque vous nous aurez tout avoué sur ce qui vous a poussé ici.

Prenez place parmi nous, asseyez-vous à notre table ; avez-vous soupé ? Vous prendrez bien au moins un morceau de mon gâteau aux noix et un verre de liqueur, à moins que vous ne préfériez du café ?... Qu'on apporte le thé, pour commencer !

Maintenant, racontez donc ; que diantre lui voulez-vous à mon petit frère, qui manifestement ne vous connaît pas ?... »

Aliocha un peu troublé avait pris place face à Dounia. A cette dernière remarque, il avait rougi comme un gamin pris en faute. Néanmoins il s'était ressaisi et avait répondu, tandis que Sonia lui servait un thé fumant :

- Pour lui comme pour moi, il n'est pas forcément nécessaire que deux êtres d'exception se rencontrent pour se connaître, comme s'ils faisaient partie d'un même Tout.

Et il avait lancé un regard énigmatique en direction de Rodion. Ce dernier, décontenancé, lui avait tendu une cigarette qu'il avait refusée, avant de s'en allumer une (il avait contracté cette méchante habitude au bagne, et n'arrivait plus à s'en défaire, bien qu'il n'y prît plus plaisir depuis longtemps).

Sans tout d'abord évoquer les détails gênants de sa propre vie, Aliocha avait expliqué qu'il s'était attaché, une dizaine d'années plus tôt, à suivre la destinée d'une jeune femme, veuve de son frère aîné, fille de colonel et mère de deux enfants.

Alors que ses affaires le retenaient à Moscou, où il tentait de débrouiller l'écheveau des intrigues financières d'Ivan avec les banquiers vieux-croyants, celle-ci s'était remariée avec un fonctionnaire de faible rang. Celui-ci, ravi de sa bonne fortune, s'était empressé de l'emmener à Peterbourg, où elle avait bientôt accouché d'un troisième rejeton. Le larron s'était mis à boire, puis il avait perdu son emploi, dilapidant dans les tavernes les dernières ressources de Catherine Ivanovna, plongeant ainsi son foyer dans la misère la plus noire. Il avait aussi à sa charge une fille d'un premier lit, âgée de seize ans à l'époque, une âme simple et sans malice toute dévouée à la pauvre veuve.

A ce stade du récit, Avdotia avait jugé opportun d'intervenir :

- Cela, nous le savons, Alexeï Fiodorovitch ; cette jeune femme, Sonia, est ici à côté de moi, c'est elle-même qui vient de vous verser cette tasse. Je suis confuse, j'aurais dû faire les présentations. Mais tout ceci est si brutal, si… inattendu, comme tout ce qui se produit de nos jours… Sonia est mon amie, ma plus proche amie ; je la respecte infiniment, comme nous tous ici. De plus, elle partage désormais l'existence de Rodion Romanovitch, ce dont je me réjouis à tout instant, et pour lui, et pour elle. Voici enfin Dmitri Prokofievitch Razoumikhine, votre hôte, et mon cher mari. Pardonnez-moi cette interruption, elle était absolument nécessaire, vous l'admettrez sans peine ; mais je vous prie, reprenez votre propos, nous sommes avides d'en connaître la suite !

Aliocha, comprenant que Dounia par son intervention l'avait sauvé, l'empêchant de rappeler des faits blessants concernant Sonia, rougit horriblement, puis se confondit en excuses et en remerciements.

Encouragé par Avdotia et aussi par le sourire indulgent de Sonia, il renoua le fil de son récit.

L'infortunée Catherine Ivanovna, refusant avec entêtement les secours qu'il lui proposait à intervalles réguliers, tomba malade et continua tant bien que mal à s'occuper de ses enfants.

C'est alors qu'elle fit la connaissance de Raskolnikov par l'intermédiaire de Marmeladov, son « mari de papier ».

Ce jeune homme d'allure noble, alors étudiant à Peterbourg, lui fit une vive impression, dès le premier regard ; ainsi qu'elle l'avait écrit à l'époque à Aliocha, elle avait cru reconnaître en lui, dans cette flamme qui dansait au fond de ses yeux, la réincarnation d'Ivan, son premier amant et son seul véritable amour, dont la mort prématurée l'avait laissée inconsolable.

Dans la fièvre de la misère et de la phtisie qui lui déchirait la poitrine, elle l'avait perçu comme un sauveur possible ; et elle s'était attachée à lui comme une mère amoureuse et malade.

Peu de temps après Marmeladov était mort dans d'horribles circonstances, écrasé par une charrette ; Raskolnikov avait été très présent dans ce moment difficile et lui avait apporté un soutien matériel et moral appréciable, en disproportion de ses maigres moyens. Elle avait raconté tout cela à Aliocha dans ses dernières lettres, où la folie commençait à transparaître.

Celui-ci avait sauté dans le premier train, pressentant une série de malheurs ; mais trop tard. Lors des obsèques de Marmeladov Catherine, prise de démence, avait fait scandale chez un général et dans les rues de Peterbourg, tentant de pousser ses trois petits à la mendicité ; on avait dû la ramener chez elle, agonisante, crachant ses poumons, veillée dans ses derniers instants par Raskolnikov et la fidèle Sonia.

Alexeï Fiodorovitch était arrivé deux jours après son enterrement ; il ne restait plus rien ni personne. L'appartement avait été vidé, les meubles vendus pour récupérer une partie des loyers impayés ; les enfants s'étaient évanouis dans la nature, on prétendait qu'ils avaient été recueillis chez Raskolnikov, mais nul ne savait vraiment où il habitait. Quant à Sonia elle était introuvable. Les papiers de Catherine, qui tenait un journal depuis l'enfance, avaient disparu. Même au cimetière il n'y avait ni pierre, ni stèle où se recueillir ; Catherine avait été jetée à la fosse commune, comme son mari du reste. C'était là le sort des pauvres gens, humiliés et offensés jusque dans la mort. La logeuse, une lourde allemande, ne pouvait rien en dire, ne sachant rien, *ach nein, mein Gott[3],* et de toute façon elle ne voulait plus entendre parler de cette «fieffée punaise»…

Alexeï, qui se sentait en partie responsable de ce drame et en dette à plusieurs titres auprès des petits, avait mené pendant des années des recherches opiniâtres, mais stériles. Jusqu'à ce jour de l'année dernière où, épluchant de nouveau la presse de l'époque dans l'espoir d'y trouver un écho des extravagances de Catherine Ivanovna, il était tombé par hasard sur un entrefilet dans «le Moniteur de Peterbourg», qui relatait l'arrestation et les aveux de l'étudiant Raskolnikov, dans la malheureuse affaire du meurtre de l'usurière.

A ce stade à nouveau Aliocha rougit et parut embarrassé. Rodion intervint :

- Ne vous en faites pas pour moi, c'est une histoire ancienne, que tous ici connaissent ; j'ai effectivement bien commis ce crime, j'en suis seul responsable. Nous en reparlerons à un autre moment, si vous le voulez bien. Mais poursuivez, poursuivez donc !

---
[3] En allemand dans le texte

Aliocha, qui au moment des faits était obnubilé par la mort de Catherine et la disparition des orphelins, était bien loin de se préoccuper des affaires criminelles, et n'avait donc suivi celle-là que de très loin, sans prêter attention au nom de l'assassin présumé.

Au moment du procès il était à Omsk, espérant y trouver trace du séjour de Catherine ; obnubilé par ses recherches, il ne prenait pas la peine de lire la presse de Peterbourg. Puis après quelques semaines de travail infructueux il était reparti à Moscou pour affaires, à peu près au moment où Raskolnikov arrivait au bagne ; ainsi leurs chemins s'étaient croisés sans jamais se rejoindre, jusqu'à ce jour béni, enfin !

Ce n'était donc que l'année précédente qu'il avait pu dévider tout le fil de l'affaire, de l'arrestation au procès, du procès au jugement, du jugement au transfert en Sibérie… Il avait ainsi pu apprendre que Raskolnikov avait une mère, malheureusement décédée, et une sœur installée à Peterbourg qui avait sans doute recueilli les enfants pour leur éviter l'orphelinat.

Cependant celle-ci s'était mariée précisément à cette époque ; elle avait donc changé de nom. Les registres de police, reprenant les listes des locataires de chaque immeuble, ne pouvaient lui être d'aucun secours ; et ni l'état-civil, ni le patriarcat de Peterbourg ne mentionnaient cet humble mariage, auquel pas même la presse n'avait fait écho.

Razoumikhine l'interrompit.

- Bien sûr, mon vieux, c'est tout à fait normal, puisque nous ne nous sommes pas mariés à Peterbourg, mais à V…, dans le gouvernement de R… .

En effet, nous avons dû enterrer maman Pulchérie (c'est ainsi que nous l'appelions) dans sa ville, auprès de son défunt mari, conformément à ses volontés. Et nous y sommes retournés quelques mois plus tard avec quelques amis pour nous marier, incognito, loin de la capitale maudite et du regard de ses chiens… Voilà le pourquoi, mais vous avez bien travaillé, mon vieux, vraiment ! (il émit un sifflement admiratif) Vous savez tout, ou presque, et ce que vous ne savez pas, vous l'avez deviné !… Chapeau bas, Aliocha (permettez que je vous appelle ainsi, vous m'êtes fort sympathique), c'est vraiment du beau travail, digne d'un moine …

Alexeï Fiodorovitch pâlit d'un coup.

- Comment savez-vous ?… Je veux dire… Que savez-vous de moi ?…

Il fallut donc lui expliquer avec ménagements ce que le journal de Catherine Ivanovna, retrouvé par hasard par Sonia chez Grouchegnka (le visage d'Aliocha devint violacé à cette évocation), avait révélé sur son passé et celui de sa famille.

Sonia et Avdotia évitèrent soigneusement toute allusion à sa relation amoureuse avec Catherine Ivanovna et à la paternité supposée de Lyda, de peur de le voir sombrer dans une crise d'apoplexie.

Mais pour Sonia, il s'agissait bien d'une certitude : de fait, elle était bien placée pour savoir que le remariage de Catherine Ivanovna avec Marmeladov, conclu sur un coup de tête, était resté une union blanche ; Katia avait impitoyablement résisté aux tentatives d'approche de Sémion Zakharitch ; au bout de quelques mois, quand sa grossesse était devenue évidente, elle avait prétendu crânement qu'il s'agissait du fruit de son union avec un défroqué.

Cette situation et le fait que Catherine lui refusât tout espoir d'accéder un jour, même lointain, à ses demandes pourtant légitimes, avaient plongé le malheureux dans un état de mélancolie qu'il n'avait su noyer que dans l'ivrognerie. C'est à la naissance de Lyda que tout avait commencé : il n'avait pas dessoûlé pendant huit jours, proférant des imprécations abominables à l'encontre de sa femme, de sa fille et du monde entier ; puis il s'était mis à fréquenter assidûment les tavernes et les cabarets, jusqu'à sa déchéance finale, dans une alternance de violences et d'attendrissements de pochard.

- Vous me rappelez ainsi de bien tristes souvenirs, intervint Aliocha. L'histoire de ma famille n'est pas brillante non plus, et je suis encore rongé par le remords de ce parricide, dans lequel nul n'est innocent, moi moins que quiconque. Je te comprends, Raskolnikov ! ajouta-t-il, le regard étincelant soudain d'une flamme inquiétante ; si j'ai quitté la vie monastique, c'est en bonne partie à cause de cela. Pendant toutes ces années d'ascèse, j'avais renié en moi cette part d'animalité qui fait l'homme, et je pensais naïvement que seule une foi pure, exigeante, absolue, pourrait venir à bout du démon Karamazov.

Mais ce démon, je le porte en moi, il s'agrippe à mon dos et ne me lâchera pas, comme il a possédé mon père et mes frères, comme il posséderait ma descendance si j'en avais une… Finalement il m'a vaincu et il m'a détourné de Dieu, loin de la Vérité et de la Vie, sur un chemin de ténèbres où je me suis vautré avec délices… Où que j'aille, quoi que je fasse, dans quelque débauche où je me roule il me poursuit, il est là devant moi, il me regarde sans rien dire, ce spectre gris, et la nausée me prend… Il agite son or en sonnailles d'enfer, et mime l'amour en grimaces odieuses…

C'est pour cela que je suis venu : avant de reprendre le combat spirituel qui seul peut me sauver, maintenant que je suis redevenu simple pêcheur et pour ma pénitence je dois voir les enfants, les embrasser, leur demander pardon, et leur remettre l'argent du père.

Oui, vous paraissez surpris : mais j'ai hérité de l'intégralité de sa fortune, soit plus de cent mille roubles, après la mort de mes frères. Par là dessus il y a aussi l'argent du monastère voisin de la propriété, vingt mille roubles gagnés sur la résiliation judiciaire posthume d'une vente de terrain !… Je n'ai que faire de cet argent ; je ne veux pas des trente tétradrachmes[4].

En prononçant mes vœux je les restituerai à l'Eglise et je doublerai cette somme. Nous étions trois frères, je donnerai ma part. Le reste ira à Polia et Kolia, aux enfants de mes frères. Ainsi le droit du sang leur sera reconnu, et ma conscience s'apaisera peut-être.

- C'est très généreux de votre part, et nous nous inclinons avec le plus grand respect devant d'aussi nobles intentions ! s'exclama Avdotia.

- Non, ta conscience ne s'apaisera pas ! Non, tu ne trouveras pas le repos, et une telle faute te tourmentera jusqu'à la mort, si tu déshérites Lyda ! s'écria Raskolnikov hors de lui.

- Je ne comprends pas ce que vous voulez dire, répliqua Aliocha. En matière de successions, c'est la loi humaine qui s'applique, même si elle est imparfaite à bien des égards. La malheureuse Adélaïde n'est pas une Karamazov, que je sache ; c'est la fille Marmeladov, et nous n'y pouvons rien. Je ne puis en conscience léser Polia et Kolia de leurs droits légitimes !… Non, décidément, c'est impossible.

- Etes-vous si sûr de cela, Alexeï Fiodorovitch ?… repartit Dounia. Je veux dire, croyez-vous vraiment que Lyda soit la fille de ce Marmeladov ?… Catherine Ivanovna ne vous aurait-elle rien appris à son sujet ?… Vous reconnaissez vous-

---
[4] allusion à la somme perçue par Judas pour prix de sa trahison

même qu'il s'agissait d'un mariage blanc ! Allons, réfléchissez un peu, regardez les dates : ne voyez-vous pas une autre possibilité ?...

- Je ne comprends pas, s'exclama Aliocha. Enfin, il est impossible que Lyda soit une Karamazov !... Ivan était mort depuis longtemps et Catherine n'avait pu approcher Dmitri depuis des mois, pendant sa maladie... Il n'y a donc aucune possibilité... A moins que... (il rougit affreusement et parut suffoquer. Razoumikhine se précipita et lui défit sa lavallière, puis lui tamponna le visage avec une serviette mouillée). Il articula :

- Non, non, vous ne voulez pas dire que... Vous savez cela aussi ?... Mais pourquoi ne m'en a t-elle rien dit ?...

Sonia intervint alors, avec douceur.

- Catherine n'a rien écrit à ce sujet, hors de très brèves allusions. Elle vous admirait trop pour révéler une chose aussi pure, qu'elle gardait au fond de son cœur comme un joyau. Non, c'est Agraféna Timoféevna, lorsqu'elle m'hébergeait à Omsk, qui me l'a révélé. Mais je le savais déjà depuis le début, que Sémion Zakharitch ne pouvait pas être le père ; d'ailleurs, Katia elle-même ne s'était pas privée de le lui jeter à la figure, et des dizaines de fois encore !

Dans les derniers temps, alors que son esprit s'en allait, il lui arrivait de prendre Lyda dans ses bras et de la bercer en lui parlant doucement de son papa, le prince Aliocha... »

La voix de Sonia se brisa, elle fondit en larmes, tandis qu'Alexeï Fiodorovitch, interdit, réprimait une furieuse envie de se jeter à ses genoux et de lui baiser les mains. Il balbutia :
- Dans ces conditions… J'accepte cette paternité, comme le prix de ma faute. J'irai demain au tribunal civil pour la déclarer et vous, Sonia, vous serez mon témoin. Sur les cent vingt mille roubles de l'héritage je ferai don à l'église orthodoxe, à titre de remboursement, des vingt mille qui lui reviennent de droit. Le reste sera partagé également entre les trois enfants ; mais auparavant ma chère Dounia, je vous aurai dédommagée des frais de pension, et vous, Sonia, je vous dois aussi une reconnaissance pour ce que vous avez eu le courage de me dire. Non, ne protestez pas, l'une et l'autre : je sais ce que coûte l'éducation des enfants, et la leur est loin d'être terminée. Sans vous, Avdotia Romanovna, les chers petits auraient été livrés à la misère cruelle de l'orphelinat ; à l'aube de votre mariage, vous avez accepté cet immense sacrifice de vous charger de trois enfants qui n'étaient pas les vôtres, et cela, c'est inestimable. Et grâce à vous, Sonia, j'ai pu apprendre à quel point Catherine m'aimait encore, bien que son orgueil l'étouffât au point de me cacher jusqu'au bout cette paternité. Vous êtes le témoin précieux d'un amour malheureux, et je vous en serai toujours redevable.
Pour moi, après m'être débarrassé de tous mes biens terrestres (et vous n'imaginez pas avec quelle allégresse !…), je me

retirerai dans la laure Alexandre Nevski où je prierai jusqu'à épuisement de mes forces pour le rachat des âmes pécheresses, celle du père, le vieux maudit, celles de mes malheureux frères Ivan et Dmitri, de Catherine Ivanovna et, pourquoi pas, de ce pauvre Marmeladov ?… Et pour les nôtres aussi qui sommes réunis autour de cette table et celles de nos enfants, afin que cesse la malédiction des Karamazov, par la grâce de Dieu !…

Je prierai tout spécialement pour toi, Raskolnikov, et pour ton salut, car tu vaux mieux que ton crime ; ton regard sur Catherine, sur ses enfants, sur leur misère et leur humanité (mais au fond, n'est-ce pas la même chose ?…), c'est ce regard qu'elle a reconnu, ce regard t'ouvre le chemin…

- C'est vrai ! s'exclama timidement Sonia. Moi aussi j'ai reconnu ce regard, et Polia, dans l'escalier…

- Cessons de parler de mon regard, ronchonna Rodion ; je ne sais pas ce que vous me voulez tous, ce soir, mais cela me fatigue !… Merci pour les enfants, frère Aliocha, et bonsoir ! »

III

TRIBUNAL

Dans la fluxion lente de l'assemblée qui s'enroule en ressort autour du catafalque ouvert, personne n'a pris garde au regard absent ni au mince filet de bave qui s'écoule à la commissure des lèvres de Raskolnikov. Et pourtant il chevauche à nouveau, au-delà de toute limite. Suspendu dans la nuit étoilée le visage épanoui de Sonia lui sourit et l'inonde d'une clarté laiteuse, blond reflet, glissement silencieux de la morte étendue sur la Moskova.

Sa cavale de limbes a surgi d'un coup au cœur de la rivière, emportant le corps, plume posée au travers de l'encolure ruisselante de larmes d'argent.

Rodion, arrondissant ses bras autour de ses épaules, tente doucement de la réveiller ; il lui chante la chanson de la rosée,

Kossi kossa paka rassa

Rassa daloï i moï damoï[5]

Mais bientôt il comprend qu'il n'y parviendra pas, qu'il est seul avec cette écorce légère, désespérément seul avec lui-même.

Une pluie de sang se mêle au flot funèbre de l'eau morte ; il relève la tête.

Sonia a laissé place à la face hideuse de Smertiakov qui hulule, grimaçante, dans la fenêtre ronde.

Enivré de chagrin et de colère le cavalier se dresse, porte la main à son côté, brandit une épée de flamme ; il éperonne sa monture écarlate qui se dresse en hennissant, puis part en un galop d'enfer.

Dans la nef son corps paralysé se met en marche d'un mouvement mécanique et fend la foule aux mille faces glauques, masse humaine ébahie par le mystère de cette dormition, fascinée au regard du serpent niché là, sous les pieds de la vierge ; le cycle de la vie et de la mort enserre les danseurs inconscients dans ses anneaux et les roule

Cercles du temps

Comme les galets le sable

Enfantement mugissant des êtres et des choses

Raskolnikov sort de l'église et il part en errance dans le faubourg des tisserands désert.

---

[5] Comptine russe : Va et fauche avec ta faux
   La rosée tombe sur toi
   Toi qui n'as rien sur le dos
   Et moi je suis sous mon toit

Une idée saugrenue lui trotte en tête, pensée parasite : Ivan à Moscou, le jour de la mort du père. Pourquoi s'être caché si loin de ce crime ? Pour être sûr de ne pas être accusé ? Ou fuir au plus loin de l'univers, fuir ce regard, ce terrible regard du père qu'on assassine ?... Aucune réponse ne lui vient des façades bigarrées qui l'observent de guingois et défilent à l'entour au rythme de ses pas, flic floc, flic flac, en une double farandole triste et narquoise …

L'air du soir, sec et chargé de poussière, le saisit à la gorge ; il entre dans une auberge pour se rafraîchir. Sur le seuil il met un chat en fuite, babines rougies du sang d'une souris décapitée.

Il s'attable dans un coin, bientôt rejoint par un homme de corpulence moyenne, sombre, d'une élégance un peu surannée, provinciale. A y regarder de près sa mise est subtilement négligée ; l'inconnu pose sur la table un bouquet de glaïeuls effilés comme des lances.

- J'espère que ces fleurs ne vous gênent pas trop ?... Je peux m'installer ailleurs, vous savez ; si je vous dérange... Mais comprenez, je me rends au palais du gouverneur, pour un dîner auquel... Oh, vous vous en moquez, je le vois bien ; d'ailleurs, vous vous moquez de tout en ce moment, n'est-ce pas ?...

Le regard perçant de ses petits yeux jaunes s'est vrillé en Rodion comme dans la chair tendre d'une proie offerte.

Quelques ivrognes installés au comptoir échangent des propos décousus, sans leur accorder la moindre attention.

- Mon pauvre ami, reprend l'inconnu en lui versant un verre d'eau-de-vie, ne me dites rien, surtout pas qui vous êtes ; ici on a l'habitude de rester discrets, les uns et les autres. Vous me comprenez, n'est-ce pas ? Bien sûr, que vous me comprenez…

Mais dites-moi, vous êtes en deuil ! Vous sortez d'un enterrement, et d'un être cher. Je le vois bien, à la rougeur de vos yeux. C'est un signe qui ne trompe pas, voyez-vous… Non, ne protestez pas ; cela n'a rien de honteux ! Tout homme pleure au moins une fois dans sa vie !…

Vous pouvez vous confier à moi ; je suis un anonyme, je viens de votre néant et y retournerai avant la fin de la nuit, soyez-en certain.

Tu n'as rien à craindre, Rodion, je ne te trahirai pas.

Et cela peut faire du bien, parfois, de parler de ces choses… souffla t-il.

Raskolnikov le dévisage en silence, d'un air absent. Ses larmes sont taries. Rien ne peut plus le surprendre. Pendant ce temps, deux filles sont entrées dans le cabaret et se sont assises à une table voisine. Elles rient très fort, lancent des œillades aux clients.

L'une d'elles, la plus jeune, a de très longs cheveux bruns ; en ondulant avec un charme impudique, elle s'est approchée de lui ; d'une main presque timide elle lui a ôté sa casquette de cuir, comme pour mieux voir son visage qui tremblote à la lueur de la chandelle.

Elle croise alors son regard d'affamé ; brusquement, comme aveuglée par un trait de lumière, elle place son bras devant ses yeux et tombe à deux genoux en s'exclamant : « Mon Dieu ! C'est lui ! »

Doucement, il la relève, et lui demande en souriant avec amertume :

- De qui parles-tu donc, jeune fille ?... Serait ce de moi, par hasard ? Tu ne sais même pas qui je suis !...

Sans répondre, toute frissonnante elle lui jette un regard noyé puis s'enfuit rejoindre sa compagne. Elle ne cessera ensuite de le considérer du coin de l'œil avec un intérêt mêlé d'inquiétude.

Cependant l'autre en face le relance avec une sorte de naïveté impitoyable ; Rodion sent enfler en lui la boule qui, née il y a plusieurs mois au creux de son ventre, est remontée peu à peu au fil de leur dérive, l'agonie de Sonia, puis à la fin s'est lovée dans son cœur, écureuil palpitant de haine ; maintenant elle glisse dans son thorax, rampe dans son cou, étouffante, coule dans sa gorge en flots brûlants pour exploser soudain à travers son visage convulsé.

Renversant la table il se dresse, bras jetés en avant, les mains tordues de spasmes ; dans un cri il tente de saisir le cou de l'autre, qui s'échappe en riant cruellement et bondit sur le comptoir. Le bruit mat de ses pieds crochus sur le zinc résonne comme un coup de feu : tous dressent la tête dans l'estaminet enfumé.

Il danse une sorte de gigue folle en martelant le bar ; son rire strident, inextinguible, semble faire écho à la nuit hurlante.

Titubant entre les tables sous les quolibets, Raskolnikov trébuche et s'effondre sur le sol. Deux poivrots se jettent sur lui et le ceinturent, s'apprêtant à le jeter dehors.

- Holà, les amis, pas si vite ! s'exclame l'inconnu. « Il mérite mieux que cela ; il a voulu me faire mon affaire, n'avez-vous pas vu ?... Comme il s'est jeté sur moi, et avec quelle violence !... Non, il lui faut un autre châtiment, car toute offense doit être payée, n'est-ce pas ?... »

Cette adresse inattendue, donnant à l'incident une importance nouvelle, éveille l'intérêt des buveurs désœuvrés. Un concert de braillements avinés vient saluer cette proposition.

- Oui ! Oui ! Qu'on le pende !

- Non ! Il faut le flageller ! Qu'il chante et qu'il danse, ce saligaud ! Amusons-nous un peu avec lui !

- Messieurs ! Du calme, Messieurs, un peu de calme, s'il vous plaît !... Ecoutez-moi donc ! Voyons, nous ne sommes pas des sauvages ! Notre ami doit être jugé, tout d'abord ! Ainsi il pourra nous dire la raison mystérieuse de cette agression ! Nous verrons bien alors comment lui faire ravaler sa morgue, à ce blanc-bec !…

Raskolnikov les yeux écarquillés tentait de se dégager du piège, mais les deux fiers à bras le tenaient solidement. A la demande du tenancier, qui ne souhaitait pas que son bouge fût dévasté par une bagarre ou un mouvement de foule (la salle s'était remplie d'un coup comme par enchantement, d'une multitude de curieux à l'air bovin) on le transporta dehors et on lui lia les mains.

Rodion se trouvait dans une cour pisseuse de terre battue, encombrée de fûts et de ferraille. Au milieu de la place une chèvre efflanquée bêlait, attachée à un piquet. La nuit, tombée comme une fumée d'incendie, était épaisse et noire. Des torches furent accrochées aux murs de brique irréguliers, leur donnant des reflets mouvants, sinistres. Le bric-à-brac fut prestement entassé dans un coin, on emmena la bête et face à lui trois ivrognes aux faces stupides prirent place sur des tonneaux vite alignés, pour constituer un tribunal de fortune. L'inconnu, qui s'était placé à sa gauche, prit de nouveau la parole, se drapant dans sa dignité nouvelle d'accusateur public .

- Vous voyez ! Il refuse de répondre ! Il nous nargue, il vous méprise, il n'est pas de votre monde !

Alors moi, je vais vous dire qui il est, ce petit monsieur qui vient nous faire la leçon ! C'est un vulgaire assassin, voilà tout !

Un frisson parcourut l'assistance ; un sourire de satisfaction effleura le visage froid du procureur. Dans un angle un homme tressaillit puis s'approcha pour mieux voir ; il regardait fixement Rodion. Celui-ci en un éclair reconnut Vassili, le vieux-croyant du bagne, et murmura à son intention, si près que nul autre ne pouvait l'entendre :

- Eh bien, Vassili, le moment de vérité est venu, on dirait ?… Si tu me laisses mourir le Mal l'emportera, définitivement peut-être, sur le Bien. Vas-tu m'aider ou me renieras-tu avant l'aube, comme je le crois ?… Tu as le choix : la trahison ou le martyre ; Jérusalem ou le Shéol[6]…

L'effroi se peignit sur le visage de ce dernier, et il se rencogna. Cependant, l'autre pérorait toujours.

- Oh bien voyons, ne tremblez pas bonnes gens, le crime, après tout, nous savons ce que c'est ! Cela fait partie de notre univers, cela donne du sel à notre existence, pas vrai ?… Que la vie serait ennuyeuse, s'il n'y avait plus de vols, de meurtres, d'attentats ! Finalement, nous avons bien besoin de nos assassins ordinaires, nous les envions, nous les chérissons, pas vrai ! Et, au fond de nous, ne sommes-nous pas tous un peu des assassins ?… Il suffirait de se laisser aller et hop ! Une usurière de plus en enfer ! Hé hé ! (il se frotta les mains).

---

[6] Enfer, en hébreu

Mais l'assassin que nous aimons, il doit nous ressembler ! Un assassin du peuple se doit d'être modeste dans ses ambitions ! On tue par passion amoureuse (quelle folie !), on tue par envie, on tue pour se venger, ou pour de l'argent, soit ! Tout cela, nous le comprenons, nous l'approuvons, presque !

Mais regardez cette crapule, ici, devant vous, enfin à notre merci ! Celui-là est d'une espèce indomptable, inhumaine : il a tué au nom du Bonheur universel ! Il s'est pris pour le sauveur de l'Humanité ! Mieux que Napoléon, plus fort que Pougatchev, il a voulu secouer vos chaînes, mes amis ! Il a voulu vous libérer de la servitude ! Ne devrait-on pas le remercier, plutôt que de lui faire un procès ?... (rires)

Eh non, braves gens, eh non ! Car ce Christ, ce révolutionnaire au cœur pur, croyez-vous qu'il vous aime vraiment ? Croyez-vous qu'il soit sincère ?... Allons, réfléchissez un peu, si vous le pouvez !... Et écoutez-moi bien : pour débuter dans son brillant parcours de libérateur, il lui fallait de l'argent, n'est-ce pas ? Beaucoup d'argent, pour faire le bien et soulager la misère séculaire qui nous accable ! Eh oui, la perfection du bonheur, c'est hors de prix, de nos jours !

Alors comment faire ? Un si beau projet, il aurait fallu l'abandonner avant même que d'avoir commencé, tout cela pour une vulgaire question d'intendance ?... Allons donc ! Tout de même ! Notre petit monsieur n'était pas homme à se laisser arrêter pour si peu, il lui fallait agir ! Oui ! Il brûlait d'agir ! Et savez-vous ce qu'il a fait ? Non ?... Eh bien je vais vous le dire, moi : puisque cet étudiant miséreux ne possédait pas un liard pour débuter (ah ! comme les choses auraient été différentes s'il avait eu de la fortune ! N'en doutons pas, comme il l'eût distribuée autour de lui !...) eh bien, il a décidé d'aller chercher l'argent là où il se trouvait : chez l'usurière, bien sûr ! Il suffisait d'y penser ! L'ami du peuple allant voler l'argent des pauvres pour le redistribuer ! Quelle idée merveilleuse !... Et comme nous l'approuvons ! Car nous ne pouvons que l'approuver, bien sûr ? ! ! !

Oh bon, avant d'atteindre l'Age d'Or, il y aurait eu une phase transitoire : pour construire le paradis sur terre il faut commencer par balayer les ruines de l'ordre ancien, et tout cela coûte cher ; notre ami aurait donc d'abord investi l'argent du peuple dans ses nobles entreprises, pour le bien du peuple, évidemment ! Il lui aurait peut-être fallu restreindre un peu les libertés au passage, mais seulement pour lutter contre les ennemis de la liberté ! C'est de bonne guerre, n'est-ce pas ? Ce petit sacrifice en aurait bien valu la peine ... Car le Bonheur est à ce prix, oui Mesdames, oui Messieurs ! Mais il aurait tenu parole, n'en doutons pas : donnez-moi l'argent et le pouvoir, le pouvoir absolu, ayez confiance, vous ne le regretterez pas ! ! ! Demain peut-être, après-demain sûrement, quand j'aurai vaincu la misère et le despotisme... Je vous rendrai le tout au centuple ! ! Tel était le contrat : qui de vous n'y aurait souscrit ?...

Mais voilà, patatras ! Tout ce beau rêve s'est effondré d'un coup ! Pourquoi ? Mais pourquoi donc ?...

Reprenons un peu le fil ; notre ami s'en va pour dépouiller l'usurière, cette vieille au cœur sec qui nous suce le sang. Bon, il fallait qu'elle soit là pour lui ouvrir et puis, ma foi, il aurait sans doute suffi de la secouer un peu pour lui faire rendre son or, cela, nous savons faire, hein ? (il eut un clin d'œil complice). Un grand gaillard comme lui face à une pauvre vieille chétive !... Eh bien non, croyez-moi si vous voulez, ça n'a pas suffi ! Non, il a fallu qu'il l'assassine ! On tue, on massacre, on y prend même plaisir ! On s'ébroue dans le sang et on en redemande ! Après tout, elle l'avait bien mérité, ce n'était pas bien grave, même si ce n'était pas très élégant ! Mais jusque là, il n'y avait pas de quoi fouetter un chat, le Projet était à ce prix !... On ne fait pas d'omelette sans casser des œufs, pas vrai ?... Comme on dit dans mon village... Mais voilà que les choses se compliquent : voici la sœur qui rentre, il ne l'attendait pas si tôt (car il avait tout préparé, le coquin !). La bonne âme innocente, celle qui faisait le Bien (et à nous aussi, elle faisait du bien, pas vrai, messieurs ! hé hé !...). Que croyez-vous qu'il fît alors, notre bienfaiteur, devant semblable bienfaitrice ?... Au lieu de se réjouir de son arrivée et de lui expliquer son noble dessein (qu'elle aurait certainement pu comprendre et accepter sans peine, n'est-ce pas, devant sa sœur qui baignait dans le sang, le crâne fendu) eh bien non, sans l'ombre d'une hésitation il la trucide aussi, foin de ses supplications ! Quelle importance ?... Et quelle belle détermination ! Dans une lutte aussi âpre contre le Mal, il fallait bien qu'il y eût des martyrs ! Pour l'édification des masses, pour l'exemple en somme. Malheur à qui se met en travers de la route du Justicier Absolu ! Tous les moyens sont bons pour aboutir à l'Utopie ! Surtout ne pas faiblir... Le reste, quelle importance ? Le crime parfait, quel orgueil !... On prend son temps, on fait main basse sur le magot, on efface soigneusement les traces, la belle affaire ! Et hop là ! Nous voilà Alexandre, Solon, Marat réunis !... Admirable...

Pas si simple, cependant, mon ami ! Pas si simple !... Tu avais oublié ta conscience, ta bonne conscience, ou plutôt tu avais cru lui faire la peau en même temps qu'aux deux vieilles !... Et puis c'est elle qui t'a trahi, finalement !... Quelle faiblesse ! Et comme c'est encombrant, une conscience, pour un grand conquérant !... Il n'aura même pas fallu qu'on te dénonce, il y avait même un faux coupable qui s'accusait à ta place, on avait tout prévu pour ta réussite ! On n'avait plus besoin de tes aveux ! La voie était libre pour l'envol du Surhomme ! Quelle ivresse ! Mais quel effroi aussi ! Eh bien voilà, monsieur a eu peur, monsieur s'est livré... Vraiment, quel gâchis ! Il n'a pas supporté l'air raréfié des cimes ! Il a voulu payer sa dette pour s'alléger de ce fardeau, trop lourd pour lui ! On l'aurait pourtant cru plus large d'épaules !...

Le voilà, le vrai crime ! Le seul, l'unique Crime impardonnable, inexpiable ! Mesdames, messieurs, votre libérateur vous a trahis ! Quelle honte ! Quelle lâcheté... (huées de la foule)

Notre ami avait pourtant bien commencé, tous les espoirs étaient permis ! L'Utopie était enfin à portée de sa main ! J'étais avec lui et je le secondais... J'avais même envoyé ce peintre, ton complice objectif... J'ai tout vu, tout ! Allons, allons, ne fais pas l'étonné ! Je suis toujours là, moi, quand on a besoin de moi !... Et puis voilà, au moment où tout allait s'éclairer, on souffle la bougie !... On suit les conseils stupides de cette fille, cette traînée bigote, et finalement on ne pense plus qu'à faire son salut ! Et on vient se livrer, croyant tout effacer par quelques années de bagne ! La belle affaire !

Mais tu n'as rien effacé, mon pauvre Raskolnikov ; rien du tout, RIEN !... Si la justice des hommes t'a pardonné, ton crime demeure ! Tu as failli à ta mission mais tu restes entre nos mains ! Tu as signé ton pacte en lettres de sang ! Et ton pseudo-repentir ne vaut rien : tu as fait endosser ta souffrance par cette pauvre Sonia qui a accepté ce fardeau avec joie, jusqu'à en crever, la pauvre imbécile ! Mais le compte n'y est pas ! Tu n'as pas souffert tout ton content !

Un peu de taule, et on oublie ? Non, mon pauvre vieux, non ! Tout cela ne vaut pas un clou ! Pas pour moi ! Ni pour Lui, d'ailleurs…

Tu as voulu t'élever plus haut, bien plus haut que tous les hommes, et le vertige t'a pris ! Mais tu as rompu l'équilibre de la nature, tu as tué gratuitement et d'un cœur léger, tu as payé le prix d'entrée au royaume des puissants ! Et maintenant, tu corromps tout ce que tu touches, malgré ton pitoyable remords !

Mais ne crois pas que tu t'en tireras à si bon compte !

Alors ? Qu'allons nous faire de toi aujourd'hui ?… Tu es perdu pour nous, et maintenant plus personne ne te suivra, sauf peut-être l'idiot du village !…

La mort serait encore trop douce pour le traître que tu es : non, il faut que tu vives, et longtemps, la honte au front, que tu traînes dans la fange comme le ver de terre que tu es ! Toi qui voulais entrer en triomphateur dans les murs de la Troisième Rome !… Quelle ironie, n'est-ce pas ? Quelle déchéance !…

Les amis, vous tous qui attendez ! Ecoutez-moi ! Cette Cour est votre Cour, cette justice est la vôtre, cette sentence sera votre part de sang ! Je demande solennellement à la Cour la peine du pilori contre ce misérable failli !

Il ajouta entre ses dents, comme pour lui-même : « et s'il en meurt, ce sera votre crime ! » ; et ricana en se frottant les mains.

Un concert de vociférations accueillit ce réquisitoire ; les juges aux faces illuminées se concertaient d'un œil effaré, tirés du demi-sommeil éthylique par les cris de la foule. Une poissarde furieuse qui puait l'urine et la crasse se planta devant Rodion et lui cracha au visage, agitant un poing sale. Puis, se retournant, elle s'écria à l'adresse du président du jury :

- Eh ! Dédé ! Le pilori d'accord, mais ensuite y faudra le peler comme un lièvre de malheur, ce fils de pute !

Des rires gras accueillirent ces paroles tandis que le dénommé Dédé levait les yeux au ciel. Après une hésitation et d'un air apeuré il marmotta quelques phrases incompréhensibles saluées par une ovation, puis il rota et s'assoupit à nouveau, piquant du nez. Plus tard dans la nuit il s'affala carrément dans la fange et resta là, le cul en l'air, avec ses deux complices.

Des hommes avinés enfoncèrent sur le crâne de Rodion une sorte de casque fait de ronces tressées ; « cadeau de la petite Marie ! » s'esclaffèrent-ils en désignant une naine contrefaite qui le couvait d'un regard haineux. Elle lui montra ses mains écorchées en ricanant. Puis on le détacha, on lui fourra un jonc dans la main droite et on le promena dans la foule en le présentant comme le parangon des temps modernes, le Saladin du monde occidental. Tous se prosternaient alors devant lui de manière drolatique, en criant « Longue agonie à votre Majesté ! » cependant qu'il progressait avec peine, tenu en laisse par ses gardiens sur un chemin de déjections et de vomissures. Un infirme de la guerre de Crimée, cul-de-jatte aux mains coupées, tendit ses moignons en l'accablant d'injures, lui soufflant une haleine aigre au visage que le sang et la sueur inondaient.

Après avoir fait trois fois le tour de la cour on l'attacha au piquet de la chèvre, on arracha sa chemise et un grand tatar au faciès tavelé entreprit de le flageller avec vigueur.

A ce moment la plus jeune des filles de l'auberge s'avança et, tombant à genoux dans la poussière, elle s'exclama :

- Arrêtez ! Ne le battez pas ! Que vous a t-il donc fait ?… Vous ne savez rien de lui, vous ne l'avez pas laissé parler ! Vous êtes tous des lâches ! Et vous, qui êtes-vous donc, pour prétendre juger un homme ?… Mais regardez-vous, voyez ce que vous êtes !… Des ivrognes et des voleurs ! Et lui là, cet étranger que personne ne connaît, il vous a tous mis dans sa poche ! Parole, il vous a pris vos âmes si vous en avez, à ce qu'on dirait !

D'un geste, l'Autre imposa le silence et suspendit la main du bourreau. Puis il s'adressa à la jeune femme sur un ton grotesque :

- Que veux-tu donc, Annouchka chérie, notre chérie à tous ? (les hommes s'esclaffèrent) Défendre ce chien galeux ?…Mais il ne le mérite pas ! Il ne vaut même pas le prix de ton gracieux petit orteil !… Et de quel jugement parles-tu ? De cette mascarade ?… Mais voyons, tu le sais bien toi, qu'il n'y a pas de justice !…

Enfin, puisque tel est ton désir et qu'on ne peut rien refuser à une femme, je t'autorise à le défendre. Mais je te préviens : tu n'auras droit qu'à un mot, un seul ! Alors tâche de ne pas te tromper, si tu tiens vraiment à le sauver !…

Annouchka se releva, la robe tachée de boue et de sang. D'un air de défi, elle rejeta sa chevelure en arrière et toisa l'inconnu ; dans l'obscurité de la cour, ses yeux lançaient des éclairs qui firent frissonner l'assistance.

Elle s'exclama avec force :

- L'amour ! Le voilà, le mot qui sauve ! C'est l'amour qui l'a guidé et qui le guide encore… Le mauvais amour a forcé sa main : en tuant l'usurière, il voulait tuer le Mal, sauver l'Humanité. Tu as raison, Diable : quel amour vain et sans objet, quelle naïveté !… Celui qui distribue la mort ne peut donner la Vie. Voilà la vérité. Tout le reste est chimère.

Mais c'est le bon amour qui l'a sauvé du désespoir : Sonia avec ses mots tout simples a su trouver le chemin de son cœur plus sûrement que le professeur Karkatov avec ses théories criminelles. Et c'est ce petit amour tout humble et tout frissonnant qui a su vaincre son immense orgueil. Grâce à lui il a compris sa folie et a choisi, en pleine conscience, d'aller se dénoncer.

Maintenant qu'elle est morte c'est cet amour encore, mais devenu plus grand, plus fort que jamais, qui l'amène vers une vie nouvelle ; et avec lui…

- Tais toi, pauvre folle ! s'écria l'Autre, d'une voix altérée. Tu n'es toi aussi qu'une poufiasse traîne-ruisseau, tu divagues et tu radotes comme tes semblables. De toute façon, tu as trop parlé ; mais d'où tiens-tu tout cela, tu ne le connais pas cet homme, que je sache ?

- Oh si, je le connais ! Ou plutôt je l'ai reconnu dès que j'ai croisé son regard, ce regard qui vous transperce et vous caresse en même temps, tel un veau qu'on mène à l'abattoir… Et il est meilleur que moi, meilleur que vous tous ici réunis, infiniment meilleur ! Quant à moi, j'en sais beaucoup sur chacun d'entre vous, il y en aurait à raconter ! Mais toi, l'étranger, tu me parais bien renseigné ! Dis-moi, tiens, comment sais-tu mon petit nom, toi que je n'ai jamais vu ? Tout le monde le connaît, dis-tu ? Ah oui ? Mais de quel droit l'emploies-tu ? Qui donc t'y autorise ?… T'aurais-je par hasard, et sans m'en rendre compte, reçu chez moi un soir d'ivresse (rires) ?… Encore aurait-il fallu que j'accepte ton museau puant ! Et puis avec ton regard vicieux et tes mains baladeuses je ne suis pas très sûre de ton affaire (rires) ! Je te défends bien d'en user ainsi, je ne veux pas que ta bouche d'ordure me salisse ! Tiens-le-toi pour dit, paltoquet !

Pour en revenir à votre accusé, Sonia m'a raconté son histoire ; nous étions devenues amies au lavoir, la pauvre petite ! Mais tu le sais bien, toi, là, en face de moi, et c'est plutôt toi qui devrais nous dire qui tu es et pourquoi tu es aussi bien renseigné, bien mieux que la police à ce qu'on dirait ! Parole, on croirait que tu lis dans les esprits, sorcier, mais dans les cœurs, là, tu en es bien incapable !... Tu vois tout avec les yeux du mal, c'est la haine qui parle par ta bouche !

Cet homme est innocent ; c'est toi le coupable, le Coupable Universel !...

- Encore une fois tais-toi, catin syphilitique ! Ce n'est pas toi qui juges, tu te trompes d'accusé !.... Mais tu n'es qu'une vulgaire sotte et tu as trop parlé, je l'ai déjà dit : tu as dit ton mot, tu n'as pas convaincu ! Ici, c'est moi le Maître ! Allons ! Emmenez-la ! » hurla t-il, écumant de rage, à l'adresse des gardes improvisés qui s'approchèrent, armés de tranchoirs à viande.

Tandis qu'ils se saisissaient d'elle et la poussaient violemment à l'écart, elle trouva la force de crier encore :

« l'Amour ! l'Amour ! le voilà, le mot qui sauve ! Ne l'oublie pas, démon ! Toi aussi, tu en as grand besoin !... »

Le visage blême du procureur était couvert de plaques rouges, qui contrastaient curieusement avec sa couronne flasque de cheveux roussâtres.

Tournant ses petits yeux de porc vers Raskolnikov, il l'apostropha :

- Et toi, Rodion Romanovitch ? N'as tu donc rien à dire ? Parle donc, qu'on en finisse ! J'ai hâte de t'entendre maintenant que tu es en mon pouvoir ! Mais toi aussi, fais attention : car ce sera la dernière fois ! Oui, crois-moi, je te le répète solennellement : nul, jamais plus, ne t'écoutera !…

- Je n'ai rien à te dire, bouffon. Sauf que moi aussi, je t'ai reconnu : comte Voronkov, tu es démasqué ! Et toi aussi, Loujine ! Toi, Jésabel, toi, Karkatov, et toi encore, Svidrigaïlov ! Et vous autres les salauds, les tourmenteurs, les manipulateurs cyniques ! Vous vous croyez très forts, avec vos sophismes qui égarent l'esprit ! Vous forgez des idoles avec du vent, vous les présentez au peuple en clamant : "Voici votre dieu, allez mourir pour lui !" et vous riez pendant qu'ils se prosternent et se jettent dans les flammes !

Oui, j'y ai cru moi aussi, et j'ai été plus loin que vous tous ! Enthousiaste j'ai marché ferme et droit, le poignard à la main, aux noms sacrés de la Raison, de la Justice, de la Liberté ! Voilà le combat qu'on m'avait assigné ! Il en valait bien d'autres… Et au bout de cette route, alors que j'ai lutté fort et dur, méprisant les passions ordinaires, quelles merveilles ai-je trouvé sur l'arbre, dans le jardin d'Eden ?... Des fruits pourris : la folie, l'arbitraire, l'enfermement !... Et pour épouse mystique, une malheureuse prostituée !... C'était donc cela, le Grand Secret ?... Mais comment, grands dieux, comment est-ce possible ?... Où est l'erreur ?... N'y a t'il pas de salut pour les hommes dans la révolte ?... Quand on enlève le Ciel et l'Enfer, il reste tout de même l'Homme ; ne peut-il donc se délivrer lui-même, briser ses chaînes, accéder enfin au bonheur terrestre ?...

C'est toi qui fais obstacle, oui, toi, toi, là, devant moi ! Toi, l'Autre, toi qui m'empêches d'être moi, toi qui me hantes et me poursuis sans cesse !

Toi, mon double ! Toi, mon ombre !...

Raskolnikov avait prononcé ces mots avec une exaltation croissante ; il jeta ses dernières paroles avec désespoir puis son regard s'éteignit, sa tête retomba sur sa poitrine. Il murmura encore, comme pour lui-même :

- Maintenant tu as gagné ; fais ce que tu veux de moi. Tu disais vrai tout à l'heure : tu viens de mon néant. Mais tu mens quand tu dis que tu vas t'en aller : tu es là depuis toujours, tu ne me lâcheras pas ; tu es le diable sur mon dos !...

La foule était agitée de mouvements divers ; certains semblaient fatigués de cette parodie de procès et murmuraient qu'il fallait laisser partir Rodion, qu'il avait eu son compte ;

d'autres très excités réclamaient le châtiment à grands cris. L'eau-de-vie coulait à flots.

Autour de Vassili un petit groupe s'était formé ; un ivrogne s'en prenait à lui et lui désignait Raskolnikov avec insistance. Vassili secouait la tête avec énergie, au milieu des trognes menaçantes.

Un rai de lumière sale perça l'obscurité, salué par le chant du coq dans une cour voisine.

On réveilla Dédé et ses assesseurs ; il fallait prendre une décision. L'Autre d'un air méprisant se retira dans un coin et se lava les mains dans une bassine de cuivre, apportée par les deux enfants de l'auberge.

Dédé se leva en soufflant bruyamment et on le jucha sur le tas d'immondices. Tandis que des mains vigoureuses le soutenaient il prononça la sentence d'une voix pâteuse :

- On m'a dit - il faut - … enfin, la Cour a souverainement décidé, dans sa grande sagesse… . qu'on apporte les bois du pilori et qu'on les charge au dos du prisonnier ! Il les portera lui-même jusqu'au mont des Moineaux !

Une clameur retentit et la foule entoura de nouveau Raskolnikov, tandis que Dédé, subitement lâché par ses porteurs, retombait dans le fumier.

Vassili, qui avait réussi à se dégager, tenta de s'approcher ; mais à nouveau des sbires lui barrèrent la route, et il dut faire face à leurs questions soupçonneuses.

Le coq parut alors sur le muret du fond, et poussa encore une fois son cri déchirant.

On chargea une sorte de croix sur les épaules de Rodion qu'on avait détaché du piquet et dont on avait entravé les jambes par une corde.

Puis le Tatar, entouré de quelques hommes qui formaient une petite troupe, lui cingla les reins de son fouet pour le faire avancer. Autour de lui les gardes improvisés s'étaient alignés, brandissant chacun un glaïeul rouge comme une lance dans un simulacre de haie d'honneur.

Alors que le cortège quittait la cour et que Vassili, encore importuné, niait avec obstination connaître le prisonnier (qui pourtant lui avait parlé, si ! si ! on l'avait bien vu !..) le coq, juché sur le ventre de Dédé dégoulinant de purin, lança un dernier appel plein de véhémence à la face blême du ciel.

Il y eut un froissement de soie ; le chat, jusque là embusqué dans un repli de l'ombre, s'était détendu comme un ressort et enfonçait ses dents brillantes dans le cou gras de l'animal : celui-ci eut tout juste le temps de voir planté dans ses yeux le regard fou de sa propre mort qui le dévisageait.

Dans le silence poisseux tombé en nappe sur la cour déserte l'écho du cri coupé griffait - et griffe encore aujourd'hui – le visage de la nuit qui s'enfuyait. Un glaïeul oublié barrait le sol de terre battue, que ses fleurs écarlates maculaient dans la lumière étrange du petit jour.

Cependant Raskolnikov et sa suite avaient tourné l'angle et remontaient une rue escarpée ; la rumeur les avait précédés. De nombreux habitants sur le pas de leurs portes ou aux fenêtres le regardaient, goguenards, et lui lançaient des piques et des lardons. Des visages déformés par la haine crachaient à son passage ; les enfants lui jetaient des cailloux.

A la sortie du faubourg, là où commence la campagne qui rosit doucement, la pente s'accentue encore. A cet endroit Rodion glissa sur une grande pierre plate humide de rosée ; déséquilibré par le poids des madriers qui écrasaient son dos, il s'affala dans la poussière du chemin. Des larmes de rage impuissante vinrent raviner la croûte de sang et de mucosités qui engluait son visage.

Annouchka, un linge à la main, se précipita pour l'essuyer et l'aida à se relever. Elle aussi pleurait, mais c'était de pitié.

Il se redressa, les jambes flageolantes ; la voix en lui se remit à parler, et lui dit : « Tu n'iras pas bien loin, frérot, mais tu approches du but. Quoi qu'il arrive, tu dois garder l'espoir comme un oiseau dans ton cœur. Il faudra encore marcher et témoigner, même si personne ne t'écoute : car jamais tu ne seras seul !... ».

Il avançait de nouveau. Un homme se détacha de la foule et se saisit du madrier pour alléger sa charge ; à travers la brume de son regard, il crut reconnaître Ali, dont la voix lui chuchotait des paroles réconfortantes.

Son cœur résonnait dans sa poitrine et lui battait les tempes comme le marteau dans la forge brûlante. Alors qu'il arrivait à mi-hauteur, là où se trouve un petit bois de chênes dont frissonnaient les branches dans l'air frais de l'aurore, il y eut soudain une cavalcade ; on entendit des cris, un coup de feu, et la foule se dispersa comme par enchantement.

Voronkov qui marchait en tête poussa un hurlement et disparut dans une buée rouge au regard de Raskolnikov qui roula au sol, l'écume aux lèvres, et perdit connaissance.

IV

PERES ET FILS

Peterbourg, le soir de son retour. Les constellations dérivent, écume de ciel ; troupeaux noyés moutonnant la steppe, dans l'au-delà du fleuve.

Dômes et flèches. Cœur battant de la Ville. Ivresse océanique.

Le bourdonnement a peu à peu cessé, l'étau se desserre. Respiration.

Il y a là Porphyre, d'autres amis aussi. Tous les regards sont posés sur lui. On sent le silence se dissiper sans bruit, entre les phrases qui chuintent doucement.

La conversation roule et l'emporte comme un galet. La justice. La Justice !

- Mon ami, dit Porphyre, qu'y pouvons-nous, pauvres juges que nous sommes ?... La seule question juridique qui vaille, c'est la recherche en paternité.

Non, ne souriez pas, je ne divague pas ; croyez moi, je suis sérieux. Très sérieux, même. Car c'est bien là le point principal. Tiens, Rodion, toi qui es orphelin, qu'as-tu fait de ton père ?... Qu'est devenu mon fils, à moi qui n'en ai pas ?... Questions insolubles ; métaphysique de bazar, pensez-vous.

N'est-ce pas, mon cher Zametov ?... Et pourtant c'est bien là le pain quotidien de la police secrète, non ?... L'empereur n'est-il pas le père bien-aimé de notre peuple ? Cherchez le père, trouvez les fils ; voici les assassins.

Eh oui, c'est ainsi : les pères écrasent les fils ; ceux-ci sont prêts à tout pour prendre leur place et aller plus loin encore dans l'abjection. Mais tous, pères et fils, se haïssent cordialement.

Si l'on analyse bien les mobiles profonds de la plupart des crimes, sinon de tous, on y retrouve comme une constante cachée la question de la filiation.

Tenez par exemple, prenons cette affaire il y a vingt ans, qui s'est déroulée dans une bourgade de province, je ne sais plus laquelle ; avec un monastère... Il y avait là trois frères, leur père. Et le bâtard.

Les fils avaient chacun un grief contre le vieux ; le premier, le débauché, en voulait à son argent ; de plus il convoitait la même femme que lui. Le cadet, l'anarchiste, voulait briser l'image sacrée et prendre le pouvoir. Pour quelle raison profonde ? Il ne nous a pas été donné de l'apprendre. Le troisième, vierge et mystique, haïssait le cynisme et la corruption morale du vieux bouc ; au fond de lui-même il appelait un geste purificateur.

Finalement aucun d'eux n'a eu le courage d'aller au bout de sa logique meurtrière ; ni même d'en formuler le vœu si ce n'est de manière allusive, et sans doute inconsciente.

Non, c'est le bâtard, celui que tous méprisaient, le valet idiot, recueilli par charité ; l'innocent sans avenir et sans passé, réceptacle muet de toutes ces haines qui suintaient dans la sombre maison ; c'est lui, lui qui servait à table la soupe de poisson, le bouillon clair aux yeux horribles, oui, lui, il a tout compris et il a frappé sans faiblesse, sans crainte ni remords.

Du pur Shakespeare ! Côté jardin, bien sûr ; dans la grande tradition domestique !

Mais était-il vraiment le seul assassin de son père ?... C'est seulement après qu'il se fût pendu que l'on a retrouvé dans son antre l'argent du crime, les trente tétradrachmes ; le prix du sang.

Et les trois frères, que sont-ils devenus ?... me direz-vous. Ont-ils au moins trouvé leur vérité ?...

Bien sûr que non ; en tous cas pas celle qu'ils croyaient. C'est à ce point que l' historiette devient édifiante.

L'aîné, accusé puis condamné au bagne, a été déshérité ; et si sa Grouchegnka l'a suivi jusque là-bas, ce n'est pourtant pas celle qu'il a épousée. Non, c'est la poésie, cette richesse gratuite, qui fut sa vraie compagne des mauvais jours.

Le second, le nihiliste, en cassant l'image a brisé le miroir : ce qu'il a trouvé derrière l'a rendu fou. Fou à tordre ; fou à mourir.

Quant au dernier, l'apôtre, il a pu contempler la face du Christ ; mais celle-ci était en pleine putréfaction. Horrifié, il s'est enfui du regard gluant de son starets mort pour aller forniquer ailleurs, loin de cette puanteur...

Comme tout cela est exemplaire, n'est-ce pas ?... Une vraie image d'Epinal ! Mais que diantre pouvons-nous en tirer ?

D'abord le vieux a eu son compte, et il n'y a rien là à regretter. C'était un ivrogne, un jouisseur, un violent, un impie ; de plus il s'apprêtait à dilapider le bien familial pour une cocotte de cabaret. Tout le contraire d'un père tel que la société les rêve. Un crime moral, vous dis-je !

Ensuite et comme de bien entendu, la justice s'est trompée : un innocent a été lourdement condamné, malgré - peut-être même à cause - de l'évidence du crime de Smertiakov. Il fallait un coupable ? On a pris le débauché, le fils indigne. C'était si facile ! Il se défendait si mal !... L'important, c'était de faire cesser le trouble social ; il fallait remettre de l'ordre dans les esprits. Et ne pas donner d'idées aux domestiques. Eviter la subversion… Un crime crapuleux, c'est dans l'ordre des choses. Vous approuvez, mon cher Zametov ? Vous approuvez…

Cela fut fait, et bien fait : la nuit même du meurtre on l'arrêta, encore couvert du sang de son père, dans une auberge où il faisait la noce avec sa putain, à dépenser l'argent qu'il n'avait pas en mains une heure plus tôt !… Quelle aubaine ! Un vrai roman français ! Il fallait donc l'embastiller…

Enfin la dernière leçon de cette affaire, c'est que nul n'y était innocent ; tous ont été punis par où ils ont péché. Mais qui tenait la balance ?… Et surtout, comment, mais comment donc auraient-ils pu agir autrement, eux tous ?… Y avait-il une autre issue ?…

Mais voyez, voyez donc ce qui suinte là, à travers les lézardes de ce trop bel édifice : s'il n'est pas de justice, y a t-il au moins le soupçon d'une liberté ? Ou toutes nos actions sont-elles fatalement vouées à être criminelles ?…

Allons plus loin : si par hasard cette liberté n'existait pas, quelle importance y aurait-il encore à vouloir la préserver ?… Les innocents, ces pervers, ne sont ils pas les plus coupables ? Et cette Cité des Plaisirs que nous les Fils édifierons quand nous aurons enfin pris le pouvoir, ne devrons-nous pas la clôturer d'une barrière infranchissable ? D'une septuple enceinte, avec des gardiens féroces tout à l'entour, pour tenter d'échapper au regard pourrissant du Père ?…

Notre justice alors sera idéale : plus de risque d'erreur, le monde entier peuplera notre bagne. Et tous les fils seront déshérités, naturellement : car l'héritage, cette invention des pères pour nous tenir en bride, nous l'aurons aboli !... Quel besoin de posséder nous possède donc, dans cette société que nous honnissons !... C'est cela qui nous tient, oui, c'est cela : cet instinct de la possession...

Voilà, pardonnez-moi, le pauvre rêve de juriste qui me travaille parfois la nuit, quand je ne dors pas - je dors si rarement... - et que je songe à la félicité d'être père, et la douleur du fils que je n'aurai jamais...

A ce propos, mon cher Rodia : je disais tout à l'heure qu'au final nos humbles petits meurtres sont tous des parricides ; en définitive et sans vouloir t'offenser, n'est-ce pas aussi un peu ton cas ?...

Considérons cela : pourquoi as-tu tué la vieille Alena Ivanovna et sa pauvre sœur Elisabeth ?... Non, ne réponds pas, laisse-moi decviner.

Pour l'argent, oui, bien sûr, n'y revenons pas. Pour le pouvoir, celui de faire le bien, certes, cela est entendu. Et pour la pureté, pour la restauration d'un monde meilleur, sans péché, d'avant la perte, d'avant l'offense, enfin. N'est-ce pas ainsi ?... Oui, bien sûr, je le lis dans tes yeux ! Tu vois, je te connais comme si je t'avais fait !...

Mais dans ce tableau, ne reconnais-tu pas nos trois frères, réunis dans un seul cœur et dans un seul esprit ?… La Trinité parfaite ! Avec en prime le bras, le bras armé de l'innocent, l'Innocent absolu, celui qui tue !…

Cependant si l'on poursuit, on en vient à se demander qui, mais qui donc tu voulais détruire ainsi ; qui donc, sinon le père ?…Ce père indigne qui te refusait et l'argent, et le pouvoir, et la pureté ?… La pureté, surtout. La pureté bien sûr, à nulle autre pareille !… Oh oui, ton âme était - ne l'est-elle pas encore ? - une flamme pure, une épée ardente ; à l'image de ta sœur Dounia, que tu voulais protéger contre le vice et la corruption d'un mariage odieux.

Alors, ce père monstrueux, où donc se cachait-il ? Et n'as - tu pas, en fin de compte, obtenu ce que tu cherchais ?…

Réfléchis bien, Rodion Romanovitch ; c'est là tout le secret. Car les pères ne sont pas toujours là où on les attend ; les fils non plus, d'ailleurs… Moi-même, tel que tu me vois, je suis vieux, malade et fatigué ; je vais bientôt mourir.

Je ris beaucoup, c'est là mon caractère ; j'ai l'air comme ça de me moquer de tout, de traverser l'existence avec ironie… Mais tout ceci me fait peur, horriblement peur. Car je suis seul. Et je ne crois en rien.

Mon père est mort il y a bien longtemps, je l'ai presque oublié. Mon fils quant à lui n'est pas encore né : j'avais presque oublié comme je l'attendais.

Aurai-je tout manqué simplement par oubli ?... Aujourd'hui je ne veux plus oublier. C'est un luxe que je ne peux plus m'offrir. La question me brûle les lèvres depuis si longtemps... Alors je te la pose enfin, simplement, devant témoins ; quoiqu'il m'en coûte j'en serai délivré, quelle que puisse être ta réponse : Rodion Romanovitch Raskolnikov, veux-tu être mon fils ?...

L'image tremble à nouveau dans la flamme des bougies ; dans l'église enfumée résonne la prière des morts. Sonia est là, allongée comme un lis, et le Serpent fixe Rodia de son regard de pierre ; il déroule lentement ses anneaux qui enlacent le globe terrestre, sous la voûte bleue piquetée d'étoiles d'or.

Iekaterinbourg, trois mois après leur arrivée. Rodion a pris ses fonctions auprès du gouverneur, Pavel Petrovitch Choutov. C'est un petit homme agité et replet, originaire de Géorgie ; il parle avec un accent méridional qui le rend sympathique. Il a chargé Rodia d'œuvrer aux bonnes relations sociales dans les manufactures menacées par la propagande populiste. En parcourant les usines, il y découvre les conditions de travail déplorables des ouvriers sidérurgistes qui fondent les rails de la nouvelle ligne de chemin de fer ; ou encore des teinturiers qui pataugent des journées entières dans les excréments de pigeon et les colorants organiques.

Sonia a repris ses activités de couturière ; ses talents sont appréciés, et elle s'est rapidement constitué une clientèle de commerçantes et de propriétaires.

Un soir Aliocha, en route pour un monastère, leur rend visite.

Rodion lui raconte la misère des anciens serfs, chassés des terres par l'émancipation, réduits à mendier sur les routes ou à se livrer aux maîtres de forges pour quelques poignées de roubles empoisonnés.

Il a perdu la foi depuis longtemps déjà ; depuis la mort du père, massacré par des paysans révoltés, lui si bon pourtant, mais c'était la disette, la terrible faim des campagnes, celle qui attise la colère aveugle du coq rouge[7]... La mère, ruinée par ce désastre, avait été réduite au rôle de gouvernante sur le domaine de son amie Marthe Petrovna, où elle s'était réfugiée avec les petits. Mais un jour, prise de rhumatismes précoces, elle avait dû se retirer précipitamment au village, dans la maison familiale qu'elle possédait encore, et vivre chichement d'une petite rente de l'armée où son mari avait servi comme médecin-major.

Sa chère sœur Dounia se sacrifiant ensuite pour payer ses études, ça Rodion n'avait pu le supporter ; en proie aux odieuses tentatives de Svidrigaïlov, prête pour finir à se vendre corps et âme à ce vieux riche, Loujine, quelle monstruosité ! Et voilà pourquoi... Sortir de cela... De cette indécrottable

---

[7] Le coq rouge : nom populaire des jacqueries de l'époque, qui évoque leur brutalité et leur caractère sanguinaire

déchéance… De cet abandon profond : Dieu avait oublié la Russie et le peuple crevait dans les campagnes, Dieu dansait à Peterbourg avec l'empereur en regardant ailleurs, vers l'occident…

- Non, Rodia, non, tu ne dois pas penser une chose pareille ; Dieu ne danse pas dans les salons, Il grelotte avec les pauvres ! …

Mais pourquoi, m'as tu dit, pourquoi laisse t-Il mourir les enfants, pourquoi tout ce malheur ?… S'Il est tout puissant, pourquoi ne lève t-il pas le petit doigt ?…

Souviens-toi des dernières paroles du Christ : « Mon père, mon père, pourquoi m'as tu abandonné ? »

C'est une question terrible. Un père peut-il abandonner son fils bien-aimé aux forces du Mal ?…

Je n'ai qu'une réponse à te proposer (mais tu sais, Rodion, je ne suis qu'un pauvre petit moinillon défroqué ! pas un docteur de la Loi !…).

La voici, cette réponse : en nous donnant son Fils, le Père éternel a perdu sa puissance. En y mettant tout son Amour, Il nous a donné le meilleur de Lui-même pour nous sauver. Méritions-nous vraiment cela ?… Quand nous avons crucifié Celui qu'Il nous avait envoyé Il n'y pouvait déjà plus rien. En accomplissant la prophétie nous avons changé le cours des choses pour l'éternité.

Comprends-tu ce que cela signifie ? Ce que l'on nous cache si soigneusement, depuis près de deux mille ans ?…

Il est mort ! DIEU EST MORT !…

En expirant sur la croix, le Christ a tué le Père !

Eli, Eli, lema sabachtani ![8]

A ce moment précis, le Fils de Dieu est devenu Fils de l'Homme… Le Verbe s'est fait chair !

Et, à l'aube du troisième jour, la lumière est sortie des ténèbres… Il est ressuscité ! En revenant du royaume de la Mort, Il nous a donné Sa Toute Puissance, Il nous a rendus libres, enfin… Libres de choisir, à tout instant de notre vie, entre le Bien et le Mal… Il a planté au Golgotha l'arbre magique de la Connaissance : cet arbre, nouvel axe du Monde, c'est la Croix, le gibet de son supplice. Et le fruit d'or qui dessille nos yeux, c'est le corps du Christ expirant et renaissant !…

Son dernier souffle est celui de la Création, il anime désormais les enfants d'Israël ; les bons et les mauvais, les petits et les grands… Il a fait sortir l'Homme de sa gangue de boue, le voici qui marche et qui choisit sa route.

C'est la flamme tombée du ciel qui brille sur nos têtes, la colombe qui jaillit dans l'azur, la flèche d'amour qui nous perce le cœur…

N'accuse plus le Père : Il n'est plus là. Il meurt avec le Fils, Il t'a donné son âme… et son coeur.

---

[8] en hébreu dans le texte

C'est cela, la Trinité : le souvenir du Père, le supplice du Fils, l'Ame de la Création. Tout cela est en toi, enfoui au plus profond. *Tres in Unum*[9] ; Trois en Un. Trois en Toi.

C'est ton cœur qui te guide ; mais ton esprit décide. Le bien, le mal : c'est toi qui les dispenses. Si les enfants meurent, ce n'est pas Dieu qui l'a voulu : c'est toi.

- Non, Aliocha. Je ne peux pas croire cela. Ce n'est pas moi. Jamais je n'ai voulu ça. Pas le malheur, pas la souffrance, pas la cruauté. Ni moi ni personne. Ta théorie est fausse. Et si tout cela se passe autour de moi, je n'y suis pour rien. Je n'ai rien fait. Je ne suis pas complice. Je ne veux pas de cette liberté-là. Non ! Ce n'est pas moi ! Ce n'est pas possible…

- Oh si, c'est possible ! Et tu le sais bien ! Car tu sais que c'est LA solution, la seule ; le vrai mystère, la vraie clé, tout cela est en nous : il n'y a pas d'autre vérité. Certains pensent que la Trinité est un dogme stupide, incompréhensible ; voire un résidu païen. Il est une autre religion, terrible, héritée du fond des âges, qui a revêtu les oripeaux de l'Hérésie et dévore ses enfants depuis plus de deux mille ans : le dualisme. Quelle tentation que de croire à la lutte éternelle entre deux principes ! Penser que la délivrance réside dans l'ascèse et le sacrifice ! Ces égarés ont craché sur la sainte Croix, considérée comme l'instrument du démon ! Contresens absolu ! Ils ont abdiqué leur liberté en se livrant à lui… Pour eux, l'Apocalypse est pour demain, toujours demain : vois les

---
[9] en latin dans le texte

Vieux-Croyants, avec quelle fièvre ils cherchent l'Antéchrist ! … Ils ont choisi l'erreur et suivent les faux prophètes. L'équivalence du Bien et du Mal, c'est la religion du Diable. Et l'Homme n'y trouve pas sa place.

Il est vrai que c'est à tort que nous les avons persécutés : cela ne sert à rien d'autre qu'à multiplier leurs adeptes. Surtout, on ne peut faire le mal au nom du Christ ; c'est précisément cela, le sens du sacrifice de l'Agneau : le triomphe éternel du Bien sur le Mal. Il n'y a pas, il ne peut y avoir d'équivalence entre ces deux principes, et l'on ne peut porter le fer contre nos ennemis sans renier Son message.

Ces malheureux sont des papillons qui cherchent la lumière et se jettent dans les flammes. Nous devons les aider, non les combattre. Mais comme leur foi est effrayante !…

Mon frère Ivan était des leurs. C'est ce que j'ai découvert à Moscou après sa mort. Il m'avait confié une enveloppe pour un certain Vassili. J'ai longtemps cherché cet homme ; j'ai fini par le trouver au cimetière du Rogoj, leur cité secrète. Une ville dans la ville, invisible aux non-initiés. On y voit battre le cœur d'un réseau qui s'étend à travers tout l'empire et au-delà. Ils disposent de richesses considérables et jouissent d'un grand prestige auprès des gens du peuple.

Ce sont des fanatiques, au demeurant très attachants. On se laisserait prendre à leurs discours, c'est extraordinaire de sincérité. Opposés aux fastes et aux corruptions du clergé officiel ils vivent dans la pauvreté et sont prêts à mourir pour leur foi, sans l'ombre d'une hésitation. On ne compte plus leurs martyrs... Mais ils ne savent pas ce qu'ils font.

Ce sont eux qui ont persuadé mon frère de tuer notre père ; il devait ensuite leur faire don de sa part d'héritage pour faire avancer la Cause... C'est cela le vice fondamental de toute hérésie : la religion qui prêche la mort est le sabbat de la mort éternelle. Ceux qui la suivent se damnent en croyant se sauver...

Après avoir essayé divers chemins, leurs chefs ont aujourd'hui choisi de miser sur les mouvements révolutionnaires. Ils financent le professeur Karkatov et quelques sophistes du même acabit ; ils arment le bras tremblant de haine des nihilistes. L'idée est de faire disparaître l'empereur dans un attentat et de soulever le peuple contre la noblesse.

Il y a aussi des pourparlers secrets avec des émissaires du Kaiser : celui-ci s'intéresse en effet de près à la Pologne. Et la Prusse, déjà infiltrée, leur paraît un terrain propice à l'extension de leur religion, dont le projet est de devenir universelle... Alors, et alors seulement, la Jérusalem céleste surgira des eaux d'un lac sacré de Sibérie centrale, et tous les justes y entreront au son de chorales d'anges... Telle est la fable dont ils bercent les oreilles naïves de notre pauvre peuple !

Mais je m'égare, tout ceci ne t'intéresse pas ; de toute façon tu ne crois à rien de tout cela, n'est-ce pas ?...

- Et pourtant oui, j'ai cru à certaines de ces choses… J'ai été l'élève de ce Karkatov, et il m'a insufflé de bien étranges idées, si séduisantes… J'ai encore du mal à m'en défaire… Mais dis-moi, est-ce vraiment une si mauvaise chose que de vouloir la Révolution ?... Sans adhérer à ce fatras théologique, risible en tous points, ne peut-on sincèrement envisager d'abattre les puissances corrompues, minées par la vermine, pour bâtir un monde nouveau purgé du vice et de l'injustice d'où l'on extirperait enfin la misère et l'inégalité ?... Puisque Dieu est mort et nous a donné la liberté (et l'Amour ! C'est toi qui l'as dit !), ne peut-on envisager de construire le paradis sur terre, un paradis pour les vivants, pas pour les morts qui n'en ont que faire ?... Au moins serions-nous sûrs d'en profiter au lieu de nous laisser endormir par les belles promesses creuses des curés, et de courber l'échine en attendant le néant !! Il suffit de le vouloir là, maintenant, de redresser la tête, de se lever et de marcher au combat ! Nos adversaires ne sont pas invincibles !

- La liberté est en toi et en chacun de nous, c'est vrai, je te l'ai dit. Celle de croire ou de ne pas croire, celle de choisir entre le bien et le mal, celle d'écouter les faux prophètes ou de suivre la voie de la Vérité… Dans l'ordre religieux, tu connais ma foi. Je n'ai rien à ajouter, ton cœur t'indiquera le chemin.

Dans l'ordre laïque, je n'ai qu'un seul message à te donner : rejette sans hésiter la violence politique comme toute forme de violence. Tu as déjà vu où cela pouvait te mener. La violence appelle la violence, le sang appelle le sang… L'oppression révolutionnaire engendre la souffrance et la servitude.

Je ne peux rien te dire de plus sur ce sujet : je suis un homme d'église, quoi qu'on puisse en penser. Et l'Eglise, la vraie, ne se mêle pas de ces affaires-là : "Rendez à César…". Les prêtres qui conseillent les souverains aspirent à mener les peuples : ils rêvent de puissance temporelle ; ils bâtissent leur royaume sur le sang de l'Agneau… Ceux-là sont les prêtres de Satan : quelle que soit la couleur de leur robe, elle sera toujours écarlate ; leur barbe suinte la haine, le diable niche dans leur crâne, même s'ils coupent soigneusement les mèches de leurs fronts ! Laissons la guerre aux hommes de guerre et le pouvoir aux hommes de pouvoir. Au jour du Jugement, chacun de leurs actes sera pesé. Peu d'entre eux échapperont à la Géhenne…

Réfléchis bien avant de te trouver un chef et de le suivre aveuglément, même si tu veux changer le Monde. Tu crois que nos ennemis ne sont pas invincibles, et c'est sans doute vrai ; mais sais-tu qui ils sont ?…

N'oublie pas que c'est l'Amour, et lui seul, qui peut fonder une société de justice et de paix.

L'Amour, tu l'as déjà (dit-il en se tournant vers Sonia, qui buvait ses paroles) ; la Charité aussi, qui t'a inspiré certains gestes dont peu d'hommes sont aujourd'hui capables. L'Espérance te fait vibrer comme la corde d'un violon ; mais peut-être te manque t-il encore un peu… de Foi ?… Si tu veux sauver l'Humanité, commence donc par te sauver toi-même ! Laisse ton cœur te guider dans cette vie-là, et tu accéderas à la félicité de la Vie Eternelle…

Sonia, pleine de respect pour Aliocha, osa alors intervenir, coupant court à la protestation qui montait déjà aux lèvres de Rodion :

- Petit Père - c'est ainsi qu'elle l'appelait - tu parles de Vie Eternelle, mais tout à l'heure tu as dit que Dieu était mort : comment peut-on vivre ainsi dans une éternité vide ?… Est-ce cela que l'on promet aux Justes ?… Est-ce cela que nous devons espérer ?… L'éternité, sur quelques pieds carrés ?…

Moi, je crois que Jésus, ressuscité des morts, est devenu homme, fils de l'Homme ; c'est bien ainsi que c'est écrit, n'est-ce pas ?… Et Il vit en chacun de nous comme l'herbe dans la prairie, Un et Multiple, nouveau et identique, toujours jeune et gorgé de sève, plus vert et plus brillant de saison en saison ; et c'est dans sa prairie du Ciel qu'il nous emmène, petits enfants venus à lui dans une récréation éternelle, enfant lui aussi parmi nous ; avec lui nous n'aurons plus jamais faim, plus jamais soif, plus jamais mal…

Les larmes coulent dans la gorge brûlante de Raskolnikov, et son cœur blessé se serre à nouveau au souvenir de Sonia : Sonia l'enfant, la fragile, si belle dans sa simplicité, si naïve dans ses rêves de Paradis !...

Sonia pourtant la paysanne, Sonia l'endurante, Sonia la forte, si brave devant le malheur et la mort. Comment pouvait-elle en même temps croire à de telles fadaises ?... D'où lui venait cette énergie, cette douceur inflexible dans l'adversité, ce manteau constellé de pierreries qui couvrait sa nudité poignante ?...

Sa beauté de coquelicot avait résisté à toutes les bourrasques et colorait encore la pâleur de ses joues, couchée sur son grabat de chêne...

Rodion, tenaillé de regrets, sentait son corps floconneux étendu autour de lui, bras et jambes étalés loin, très loin, hors de son pouvoir. Le monde ainsi lui échappait, le passé flottait, nuage-lit sur lequel il reposait inerte ; en bas, tout en bas, à travers le dôme et les murs transparents de l'église il la voyait elle aussi, étendue comme lui, et il dérivait comme une montgolfière vers un avenir filandreux, gonflé d'orages. L'écran du ciel, devant, reflétait des cataclysmes sombres, sans qu'il pût en pénétrer le sens. Il avait envie de se laisser glisser, de s'enfoncer plus profond au creux de l'oubli et disparaître peu à peu en s'oubliant lui-même...

C'était cela sans doute. Oui, ce pouvait être cela. Une dissolution progressive, la perte insensible de chaque sens, une myopie de l'âme ; et puis cette fraîcheur agréable qui le pénétrait et se propageait en lui, de sa poitrine jusqu'au bout de ses doigts, de ses orteils jusqu'au dernier de ses cheveux… Il n'était plus qu'un point qui allait et venait librement dans son corps et pouvait se loger dans la plus intime de ses fibres, regardant avec curiosité cet animal endormi qu'il allait quitter d'un instant à l'autre, enfin quitter cette prison de chair et monter, monter, se fondre dans l'immensité… Disparaître !…

V

FANTOMES ET CHIMERES

Rodia flottait sur l'océan lumineux des nues ; une chaleur rouge et douce trouée de formes indistinctes rayonnait à travers ses paupières. Le vent léger le berçait comme autrefois sa mère, dont il croyait entendre la chanson fredonnée ; il lui portait l'effluve fraîche des fleurs d'été mêlée d'autres senteurs - encens, herbe coupée, parfum de femme - émotion ardente
Vibration - son corps soulevé, houle des siècles
Marée troublante
Résonance d'avec

Là - tout autour, dedans aussi

L'énorme bulle-sablier

Puissance brute

Diamant enchâssé

Eclair lové dans sa gangue de fange

On avait oublié le Chaos

Images entrechoquées de CELA sans nom sans visage

    Boules de lave

Plomb fondu de l'absence

Je ne suis pas là et pourtant je le vois

Sourire du néant   Regard de Méduse

Sphères incandescentes   Planètes-projectiles

Pâte horrible de matière tu rêves autour de moi

je le vois   je te vois   je nais au creux cosmique

Peu à peu

CELA s'organise

Les ténèbres rosissent

Les feux s'éloignent

Brillants piqués au ciel

Enfin lavé   La boue reflue   flue

    reflue

Reflue reflue   reflue   …

Et toutes choses révélées dansent aux harmoniques

      Soufflées   comme du verre

Connaître alors l'âme des pierres

.l'esprit des choses minérales

Des bouches d'étoiles jaillissent mille langues de feu l'effleurent sans le brûler

Les choses lui chantent leur secret

Cristaux de tendresse

Un vent puissant se lève et l'emporte au mur d'eau bouillonnée

              Dérive primitive

Il va   ivre

              son chemin de crête

Quête-vagues au galop sur les chevaux d'écume

L'ouragan de nos mémoires le drosse inconscient

A l'île merveilleuse

Schérie la noble, où sont les phéaciens

O ruisseaux ô forêts   Animaux fleurs et fruits

      Parlez dansez autour de lui

Le lait le miel les roses l'enlacent l'enrosacent

Athéné aux yeux pers

Lui tend la coupe d'oubli

Elle replie le Temps sur ses membres brisés

Comme une couverture

Pour le froid de la nuit

. . . .

Allongé sur la grève blonde, il ouvrit enfin les yeux. Penché sur lui, le doux visage de Sonia souriait avec une humble gravité, celle de Nausicaâ au réveil du noyé.

Ce n'était pas possible. Il ne pouvait y croire. Le néant, le sommeil éternel, oui bien sûr. Mais cela : des fariboles, des contes pour enfants !... Pourtant quelle tentation... Refermer les yeux, reprendre le fil de ce rêve magnifique, se dresser chancelant sur le sable mouillé, saisir sa main, embrasser ce songe et lui donner vie sous ses caresses, l'étreindre encore, partir ensemble, soudés à l' éternelle sur le radeau des cimes...

Qu'il serait doux et facile alors de recréer le Monde !!! Justice et paix, abondance et joie !... Mais bien sûr, ce n'était pas cela ; ce ne pouvait l'être, en aucune façon.

. . . . . . Et pourtant, il n'avait pas mal. La douleur en lui ne criait plus sa mélopée ardente . . . .

Ce n'était pas Sonia.

Un voile se déchira peu à peu, arrachant des flocons ; ses yeux se dessillèrent.

Il reconnut avec surprise les traits de Lyda.

Elle lui souriait gauchement sous son voile de religieuse. Il y avait là du monde tout autour d'elle ; les paroles étaient restées suspendues, ailées, à son frémissement ; il distingua alors les visages d'Annouchka, Ali, Zametov parmi d'autres qu'il ne connaissait pas. On entendit des cris étouffés, des pas précipités ; et le docteur Tomassov parut, encadré par deux sœurs.

Après lui avoir pris gravement le pouls, il ordonna à tous de sortir et resta seul avec Rodion.

- Eh bien mon ami vous revenez de loin, encore une fois ! Vous avez une sacrée veine, que je sois toujours là pour vous remettre sur pieds !… Profitez-en, mais n'en abusez pas ! Je ne suis pas éternel !…

- Mais que s'est - il passé ? Où suis-je ? Et pourquoi tous ces gens ?…

- Vous n'auriez pas dû sortir de l'église seul, surtout dans cet état, pendant l'enterrement de cette malheureuse Sonia. Mon Dieu ! Comme elle vous était dévouée !…

Le choc de sa mort a provoqué en vous une crise mineure, ça s'observe souvent dans ce genre de circonstances, ce n'est pas d'un mauvais pronostic. Au contraire, ça peut hâter la guérison par une sorte de catharsis, phénomène peu explicable, je l'avoue. De plus, le deuil en devient plus supportable ! Mais je ne voudrais pas abuser d'explications cliniques, cela vous intéresse médiocrement en ce moment, je le conçois fort bien. Vous devez avant tout vous donner à votre douleur, afin de l'épuiser plus vite.

Cependant, du fait de cet accès, votre vigilance était quelque peu émoussée lorsque vous avez pénétré dans l'auberge, et une bande de brigands a tôt fait de vous agresser et de vous détrousser. C'est un mauvais quartier, vous savez ? Passé une certaine heure, on n'y fait pas que de bonnes rencontres !… Ils ont bien ri à vos dépens une bonne partie de la nuit. Heureusement, Annouchka et Ali ont pu prévenir la police, et la garde est intervenue. Le chef de la bande a pu s'échapper, mais on a arrêté ce Vassili…

- Lui ? Mais pourquoi ? Il…

- C'est un dangereux conspirateur, d'après votre ami Zametov. Celui-ci va sans doute vous poser quelques questions au sujet de cet homme, que vous semblez bien connaître. Mais tout ça, ce n'est plus mon rayon…

- C'est insensé. Mais quel est cet hôpital ? Et que fait Lyda ici, dans ce déguisement ?…

- Vous parlez sans doute de cette jeune novice qui vous a ramené à la vie ?… C'est une pauvre orpheline, les sœurs l'ont accueillie ici par charité tant elle semblait perdue dans des songes creux. Sur le plan médical, c'est un cas très intéressant de délire mystico-maniaque à tendance hystéroïde (il baissa la voix pour dire ces derniers mots et jeta un regard furtif derrière lui, de crainte d'être entendu). Au demeurant, une personnalité très attachante…. Elle vous connaît, je crois ? C'est ce qu'elle prétend, en tous cas ; ah, vous confirmez…

Oui, vous êtes dans un couvent, celui de Novodievitchi, c'est ici que je travaille maintenant. On vous a amené sur le conseil d'Annouchka, notre Marie-Madeleine ;   elle vient souvent nous apporter son aide au chevet des malades, entre deux débauches... Mais dites-moi, vous n'étiez pas très frais à votre arrivée, il y a six mois ! Vous m'avez vraiment fait peur ! Un coma si prolongé... Mais il n'était pas très profond, en réalité ; il s'agissait d'une sorte de... mise au repos prolongée de votre système nerveux, en quelque sorte, afin de « récupérer » après les épreuves terribles que vous avez subies ! Maintenant ça va beaucoup mieux, croyez-moi sur parole ; et ça ira de mieux en mieux au fil du temps.

Mais au fait, savez-vous pourquoi je suis ici ? Eh bien tout simplement ils m'ont viré ! Eh oui ! Figurez-vous qu'il y a deux ans au bagne, le nouveau directeur m'a fait comprendre que ma présence n'était plus nécessaire. J'ai protesté, tempêté, rien n'y a fait : ils m'ont même menacé du fouet pour que je décampe plus vite !

En fait, il y avait de plus en plus de "politiques" et ils ont voulu éloigner les civils et les indésirables, pour avoir les mains libres, sans doute... Il y avait déjà de la torture, tout ça est venu très insidieusement, mais là ça commençait à se voir un peu trop... Et pourtant ils auraient eu d'autant plus besoin de mes services, tant les terroristes que les tortionnaires, tous enfermés dans leur folie... La prison de nos jours est devenue le dernier asile, le lazaret des fous, refuge ultime de la déraison qui s'y livre à ses sortilèges en toute impunité tel le *divin marquis*[10] en ses palais retirés... Car dans nos villes nous nous

---
[10] En français dans le texte

devons d'être raisonnables et nous présentons au monde le visage sérieux, posé, rationnel, que les autres nous prêtent ; mais à la première occasion nous nous ruons dans l'arrière-boutique pour y observer, fascinés et envieux, le rut sauvage et les supplices exquis de ces aliénés qui nous ressemblent tant...
Le commandant Dvorianine aussi a été éjecté ; mais lui ne l'a pas supporté... C'était un pur, voyez-vous, un idéaliste... Il n'y a pas de place pour les rêveurs dans notre société, ou si, un strapontin, peut-être, et encore, à condition de rester bien sagement assis et de ne pas se mêler des affaires des "grands", de ceux qui savent... Mais je ne devrais pas vous parler de lui.

- Vous en avez trop dit, au contraire, et vous me devez la suite de son histoire ; Dvorianine est mon ami bien que nous ne soyons pas du même monde et que je ne partage pas toutes ses idées, loin de là. Alors que j'étais au fond du trou il a su me reconnaître dans ma dignité d'homme et m'accorder sa confiance ; je ne saurais oublier cela !

- Bien, puisque vous y tenez... On a voulu l'écarter pour les mêmes raisons que moi, mais avec tout de même un peu plus d'égards du fait de sa condition d'officier. C'était en décembre dernier. On a pris le prétexte d'une évasion ; en réalité, il était fiché comme sensible aux idées libérales et on craignait en haut lieu qu'il sympathise avec les poseurs de bombes qu'on nous expédiait alors.

Lorsqu'ils lui ont annoncé sa mutation pour la Kolyma, à lui cet esthète raffiné qui ne rêvait que de revoir Peterbourg, il ne l'a pas supporté. Il a mis ses affaires en ordre, réglé ses dettes de jeu, écrit à sa mère et à ses amis, puis il s'est tout simplement brûlé la cervelle, debout devant la fenêtre ouverte de son bureau, face à l'Irtych gelé dans la neige qui volait, emportée par la bourrasque...

Il avait écrit une lettre à Agrafena Timoféevna lui léguant son sabre et une boîte à musique, tout ce qui lui restait, et aussi sans doute d'incoercibles remords... Car c'est pour elle qu'il a commis ce geste tant il ne supportait plus qu'elle ne lui cédât pas ; il ne pouvait non plus concevoir de la quitter pour un bout du monde insensé !...

Comme les comportements humains sont étranges, n'est-ce pas ? Accablée de douleur, celle-ci qui semblait s'être vouée à la garde farouche du tombeau de son mari a décidé sur un coup de tête de vendre sa maison, de rassembler ses affaires et de partir pour Peterbourg par la première diligence !... J'ignore ce qu'elle est devenue. Mais je vous fatigue inutilement. Vous devez avant tout vous reposer. Vos amis sont là pour vous entourer. Nous soignerons vos blessures au corps et à l'esprit. Nos religieuses aimeraient bien en faire autant de votre âme, mais c'est là une toute autre affaire, à laquelle je n'entends rien pour ma part !

Tomassov eut un clin d'œil complice et fut surpris du regard de Raskolnikov où s'était rallumée une flamme étrange.

Il serait fastidieux de raconter en détail cette nouvelle convalescence de Rodia, plus courte que la précédente il est vrai. Zametov pensait que Vassili, auquel il avait attaché ses pas depuis sa libération, tentait de constituer une bande d'assassins et de révolutionnaires dont l'objectif était de fomenter des troubles à Moscou et à Peterbourg. Il avait en effet en quelques mois parcouru la Russie de long en large et de haut en bas, de Cronstadt à Odessa, de Kazan à Samarcande et il avait rencontré toutes sortes de gens dans toutes sortes de lieux ; jusqu'à des émissaires du Kaiser sur le golfe de Finlande !… On lui attribuait déjà, avec ses sbires, plusieurs assassinats commis sur le mont des oiseaux, lieu désert et couvert de forêts. Les victimes n'étaient jamais prises au hasard : courriers de l'empereur, prêtres, fonctionnaires en mission…

Par contre Zametov n'avait pas tout de suite retrouvé trace de Voronkov, disparu cette nuit-là. Il est certain que ce curieux personnage avait rencontré Vassili à plusieurs reprises à Iekaterinbourg, dans une taverne où l'on croisait de nombreux gibiers de potence, et aussi quelques escrocs. On l'avait vu lui remettre de grosses sommes d'argent et des papiers qui semblaient importants, à en juger par le luxe de précautions qu'il prenait pour ces rendez-vous.

Rodion repassait souvent dans sa mémoire l'enchaînement des événements qui avaient précédé la mort de Sonia tandis qu'il se promenait entre les bâtiments immaculés du couvent appuyé sur le bras de Lyda ou sous les murailles rouges, au-dessus de l'étang qui jouxtait le faubourg. Il évitait toutefois de passer de l'autre côté du mur, par le cimetière où elle reposait, apaisée, sous une simple dalle. Sa douleur était encore trop forte, il ne pouvait la supporter.

Zametov souvent les accompagnait et parfois Ali, quand la revue littéraire qui l'employait lui en laissait le loisir.

Voronkov avait ressurgi on ne sait d'où comme un diable grimaçant avec mission de distribuer des subsides aux industriels pour les attirer dans l'Oural, province-clef qui ouvrait les portes de la Sibérie gorgée de richesses naturelles.

Il s'agissait aussi de fournir du travail aux désœuvrés qui traînaient les routes et les rues, toujours plus nombreux depuis l'abolition, dont l'oisiveté et la misère formaient un terreau de choix pour les agitateurs de tout poil. En les fixant au nord-est sur le pôle d'activités ainsi créé on les éloignait de la capitale et des grandes villes de la Russie d'Europe, on les occupait à de "saines activités" et aussi on les tenait en réserve pour le peuplement à venir du grand Est, qui devait suivre la voie du projet transsibérien.

Mais le comte, sorte de demi-solde civil traîneur de guêtres, n'avait pas été formé au métier de fonctionnaire et était bien incapable d'en assumer les contraintes et les responsabilités ; ni au métier des armes dont il avait été exclu au bout de trois mois de service, pour poltronnerie et abandon de poste devant l'ennemi.

Malgré cela et par une sorte d'indulgence mystérieuse, il avait été chaudement recommandé au gouverneur Choutov par la baronne Krov, qui faisait la pluie et le beau temps dans son salon de Peterbourg et venait parfois l'été prendre les eaux dans l'Oural avec la suite impériale, quand ce n'était pas à Ostende ou à Roulettenbourg.

Zametov révéla à Rodion que Jésabel était à l'origine une princesse circassienne que ses parents, déportés à Constantinople, avaient dû promettre au harem du sultan ; elle s'était résignée en apparence à ce terne destin malgré son intelligence froide, tout en se promettant de détrôner la cadine à la première occasion, avec le secours de la déesse Tanit qu'elle adorait en secret (ce culte mystérieux et sanguinaire, apporté jadis par les phéniciens qui naviguaient sur le Pont-Euxin, survivait encore dans certaines régions du Caucase).

Il se trouva qu'un brillant officier de vieille noblesse balte, qui se trouvait en ambassade auprès de la Sublime Porte, remarqua sa beauté au hasard d'une promenade en barque sur le Bosphore, en tomba follement amoureux au premier regard et l'acheta pour la somme considérable de dix mille roubles-or.

Le baron Krov la ramena à Peterbourg, lui fit donner les rudiments d'une éducation occidentale puis l'épousa en grande pompe à Notre Dame de Kazan, au début des fêtes d'été.

Elle prit d'emblée la tête de sa maison et ouvrit un salon où la noblesse éclairée se pressait, cependant que Krov, accaparé par le nouvel empereur qui l'avait engagé dans son cabinet, fermait les yeux sur le ballet incessant de ses amants.

L'influence de la baronne se développa très vite jusque dans les antichambres du palais impérial et la rumeur eut tôt fait de lui attribuer les nominations à des postes importants de certains personnages parmi les plus douteux.

Il en fut ainsi du comte Voronkov, qui lui devait son titre et son emploi. Cet aventurier sans vergogne avait été capturé par les janissaires[11] alors qu'il se livrait à un trafic de femmes sur la mer Noire, et ceux-ci l'avaient émasculé sur-le-champ, juste châtiment réservé alors aux entremetteurs.

A peine rétabli de cette cruelle blessure il avait fait reconnaître sa qualité d'eunuque non officiel par le médecin du sultan, acheté par les yeux noirs d'une captive vénitienne. Cette supercherie lui permit d'accéder aux harems de Constantinople, où il se livrait là encore à divers trafics plus ou moins avouables.

C'est ainsi que Jésabel avait croisé sa route. Flairant l'escroc par une sorte d'instinct elle l'avait utilisé à son profit dans des

---

[11] note à l'intention de l'éditeur : il s'agit certes d'un anachronisme, mais l'image est trop belle !...

complots de sérail ; il y eut à cette époque plusieurs affaires d'empoisonnement non élucidées au harem du sultan. Et c'est finalement lui qui avait monté avec succès la rencontre "fortuite" avec Krov, le ponton du Bosphore, la danse de Salomé…

Ayant pu apprécier à sa juste valeur la bassesse et la rouerie du personnage ainsi que son absence totale de scrupules, elle l'avait emporté dans ses bagages comme un vulgaire paquet. Elle n'ignorait rien de son histoire et le tenait par ce qu'il n'avait plus, hélas !

Très rapidement elle avait intrigué à la Cour pour le faire inscrire sur la table des rangs bien qu'il ne possédât ni terres, ni lignage, ni mérite insigne, ni même le savoir administratif et le dévouement que l'on acquiert après de longues années passées dans les lycées impériaux.

Jésabel, dont l'ambition effrénée ne pouvait s'arrêter aux portes du palais, voulait accéder aux secrets les mieux gardés et en user pour son propre compte. Son mari avait tôt fait de la percer à jour ; effrayé par son amoralité, cet homme intègre lui refusait désormais toute confidence sur les affaires sensibles.

Depuis le début des attentats nihilistes, et singulièrement celui qui avait coûté la vie à l'empereur dans les circonstances tragiques que l'on sait, on assistait à un raidissement du pouvoir et au ralentissement des réformes.

Afin d'assurer une plus grande cohésion de l'administration, dont la toile s'étendait de la capitale jusqu'au moindre village de l'immense Russie, il était apparu utile de donner de vraies compétences aux fonctionnaires des rangs les plus élevés, issus de la haute noblesse. Ceux-ci n'avaient jusqu'alors songé, pour la plupart, qu'à jouir de leurs prébendes en laissant aller leur charge à vau l'eau, de la même manière qu'ils avaient mésusé jadis de leurs domaines.

L'empereur avait donc décidé de créer une école impériale d'administration dont le rôle serait de doter le corps inerte de l'Etat d'une structure efficace de commandement. Cette bonne idée fut malheureusement ruinée dès l'origine par le ministre de l'époque ; en effet celui-ci, tout acquis aux thèses anglo-saxonnes alors très en vogue dans les milieux éclairés, avait fait nommer un directeur issu de la boutique, adepte forcené du "laissez faire, laissez passer" et des méthodes libérales, promptes à brutaliser l'ouvrier pour maximiser le profit.

Ainsi, au lieu d'enseigner un contrôle à la fois souple des structures administratives et strict de l'utilisation des aides publiques, on prôna l'inverse ; dans ce pays dramatiquement en retard sur l'évolution du monde occidental, rongé par les tentations centrifuges et féodales, où les tensions sociales ne cessaient de s'accroître depuis l'abolition sans que l'industrie vienne prendre le relais des campagnes ruinées, ce système mena tout droit à la catastrophe finale.

Cependant Jésabel avait compris très vite, à travers les conversations de salon, que son vernis culturel acquis au sérail puis à l'école française de Peterbourg, s'il lui permettait de briller en société, ne lui serait d'aucune utilité pour accéder aux rouages les plus intimes de l'empire ; l'on n'était plus à l'époque de la Pompadour et l'usage de ses charmes naturels, dont elle se montrait peu avare, ne lui permettait que d'en effleurer la surface, ce qui avait pour effet d'aiguiser davantage son appétit de pouvoir sans toutefois l'assouvir.

Elle avait été esclave de l'empire ottoman et voulait se venger du Grand Turc. On l'avait bafouée dans son honneur de femme, elle voulait à son tour humilier la société masculine de son temps ; enfin, à l'instar de Raskolnikov, elle rêvait de s'élever comme une déesse vivante afin de satisfaire son orgueil démesuré.

Elle réussit sans trop de peine à convaincre le baron d'obtenir pour elle une dérogation impériale et eut accès à l'école d'administration, jusque là strictement réservée aux hommes. Krov pensait que ce dérivatif calmerait ses ardeurs, dans tous les sens du terme, et que les rigueurs de l'étude la rebuteraient bientôt. Le Haut Conseil pour sa part, considérant qu'il était risqué de tout refuser aux suffragettes, dont la pression au sein de la noblesse peterbourgeoise était très forte, émit un avis favorable à cette concession d'apparence mineure. C'est ainsi que Jésabel put faire son entrée dans les affaires de l'empire ;

elle choisit de s'orienter vers le développement industriel, point nodal de ses désirs, et contredit tous les pronostics en se montrant une élève assidue et brillante.

Ses nuits étaient agitées de rêves fous : les richesses minières de l'Oural et de la Sibérie, convenablement exploitées et mises en valeur, permettraient d'inonder le marché de gemmes à moindre prix, ruinant du même coup une ressource essentielle de l'empire ottoman ; le naphte d'Asie centrale pourrait être puisé sans limites et alimenterait ainsi un accroissement exponentiel de la sidérurgie et de la métallurgie ; on pourrait fondre des canons et des armes lourdes, on cuirasserait des navires et des voitures de combat, et ainsi on équiperait une armée moderne et puissante que l'on pourrait lancer avec succès sur Constantinople !... Ah, la jouissance d'imaginer le sultan à ses pieds, enchaîné, à sa merci !... Et de lui infliger le supplice de Voronkov !...

Enfin, surtout, des sommes énormes passeraient entre ses belles mains blanches aux ongles carmin : tout le crédit indispensable au financement des infrastructures, qui lui serait alloué sans compter pour ce chantier pharaonique ! Elle était bien placée pour savoir qu'il n'y aurait pas de contrôle réel de la destination finale de cet argent : elle pourrait à sa guise distribuer les faveurs et s'acheter ainsi aux frais de l'Etat un réseau personnel de serviteurs dévoués et féroces, qui lui ouvriraient le moment venu le chemin du pouvoir suprême.

Quelle apothéose ! Elle en frémissait de plaisir, plus encore que sous l'étreinte vigoureuse de ses amants, et s'éveillait brisée dans les premières lueurs, le regard embué de la rosée de Vénus.

A la sortie de l'école elle obtint aisément la charge du projet de l'Oural, que personne ne songea à lui disputer tant cette montagne paraissait perdue et ennuyeuse. Au bout de quelques mois elle fit nommer sur place, à Iekaterinbourg, son protégé le comte Voronkov sur un poste d'attaché en mission auprès du gouverneur. Sans attribution précise mais se mêlant de tout, Voronkov, "tombé du ciel" comme un corbeau de mauvais présage, ignorant des us et coutumes du cru, inspirait une crainte mêlée de respect à Ivan Pavlovitch qui redoutait que celui-ci n'allât faire du zèle, et ne racontât à la baronne les nombreux petits défauts de son administration. Oh il n'y avait là rien de bien grave, pas de quoi fouetter un chat mais tout de même, il ne voyait vraiment pas l'utilité qu'elle apprît que les statistiques triomphantes envoyées à Peterbourg étaient imaginaires, ni que les contrats de fournitures passaient pour l'essentiel dans le train de sa maison alors que ses agents se partageaient une paire de bottes pour deux, ni bien d'autres petites choses dénuées d'importance... Non vraiment, tout cela ne méritait pas que l'on distraie son Excellence, fût-ce un instant ; les affaires qu'elle avait à traiter étaient d'une tout autre importance, il lui fallait s'occuper des choses sérieuses, un point c'est tout.

En voyant papillonner Voronkov dans son bureau richement décoré de perse et de brocart à filets d'or, Choutov rougissait, pâlissait, verdissait et soufflait en s'épongeant le front. A nul instant il ne songeait à écouter les projets de l'autre et son discours abscons, encore moins à rechercher l'intention malicieuse dans ses conseils et suggestions, qu'il s'appliquait à suivre à l'aveuglette. Et il le recevait dans sa maison où il tenait table ouverte comme un hôte de marque, lui présentant tout ce qui comptait dans la région. Cependant ce renard de Voronkov, à force de fureter dans les coins, n'avait pas été long à flairer quelques lièvres qu'il gardait en repos, pour la fine bouche, se contentant d'y faire de subtiles allusions qui avaient le don de plonger le gouverneur dans des états indescriptibles.

Rodion Romanovitch quant à lui se tenait à l'écart de ce remue-ménage, ignorant ces intrigues auxquelles il ne prenait aucune part. Il continuait à faire son travail consciencieusement, inspectant avec soin les manufactures, identifiant les problèmes, parlant avec les fabricants et les délégués ouvriers, les incitant au dialogue.

L'implantation de nouvelles machines venues d'Occident, entièrement mues à la vapeur et tournant à des vitesses inconnues jusqu'alors, générait des questions sans réponse : il fallait inventer des systèmes de protection, former les ouvriers au maniement des techniques importées, mais aussi leur apprendre à garantir leur propre sécurité.

A côté de cela on observait les flux de main d'œuvre : des emplois disparaissaient du fait de la mécanisation, d'autres naissaient qui faisaient appel à de nouvelles compétences. Les pertes humaines étaient considérables, les accidents nombreux et graves, souvent mortels ; les jeunes se détournaient des métiers dangereux et l'on devait faire appel à des travailleurs venus du Caucase ou du Kazakhstan, plus ignorants et plus fragiles. Le chômage grandissait car on ne pouvait les mettre sur les nouveaux métiers qui restaient à l'arrêt, ce qui freinait l'essor industriel ; dans le même temps les rues, encombrées de désœuvrés jeunes et vieux et d'invalides, devenaient moins sûres.

Rodia faisait un rapport chaque mois à son directeur, détaillant et analysant ces phénomènes complexes, proposant des solutions.

Il y eut à cette époque de grandes grèves à Peterbourg, à Moscou et le long de la Volga ; la région de l'Oural fut relativement épargnée.

Ces événements qui faisaient suite à la campagne d'attentats, alors même que l'agitation gagnait les usines, placèrent la question sociale au premier plan. Il apparut que la police secrète, bien renseignée sur le milieu étudiant et la vie des campagnes, ne parvenait pourtant pas à infiltrer la monde ouvrier, efficacement organisé autour des syndicats.

On s'aperçut que le développement de ceux-ci, s'il donnait parfois lieu à des dérapages regrettables, répondait à des nécessités pratiques de conservation de la main d'œuvre utile aux progrès de l'industrie ; et qu'il était indispensable de l'accompagner contre les abus de certains maîtres de fabrique trop inspirés par les théories libérales : on observait alors, comme une conséquence de leur intransigeance, l'apparition d'un syndicalisme beaucoup plus radical, propice aux idées révolutionnaires.

Il fut décidé de mettre en place un corps spécifique d'inspecteurs dans les fabriques et manufactures, dont le rôle serait de s'assurer du bien-être et de la protection des ouvriers, et de prévenir par la négociation le développement contagieux des conflits sociaux qui risquaient de paralyser des régions entières, voire de tourner à l'insurrection comme celle que l'on venait de vivre.

Tout naturellement Raskolnikov fut l'un des premiers nommés et resta sur son poste à Iekaterinbourg, où il y avait fort à faire.

Ce fut à peu près au même moment que Jésabel, dotée d'une lettre de créance qui « pesait » plusieurs millions de roubles, vint s'y établir à demeure afin de mieux contrôler la mise en œuvre de ses projets par Voronkov, en qui elle n'avait malgré tout qu'une confiance limitée.

Ce dernier occupait un bureau voisin de celui de Rodion. Il avait établi des contacts avec les commerçants et les fabricants ainsi que les notables locaux (notamment Pavel Balatokov, maire d'Iekaterinbourg, et Dmitri Brakov, directeur de la banque foncière paysanne et député au conseil de zemstvo, qui comptait bien être prochainement réélu). Ces derniers avaient attiré son attention sur la question ouvrière et souhaitaient qu'il étendît son réseau auprès de dirigeants syndicaux « manipulables » qu'on utiliserait comme repoussoirs ou comme faire-valoir, selon le cas, dans le cadre d'une politique de domination habillée d'un discours social radical. L'objectif était d'obtenir ainsi l'arrêt des grèves, par un encadrement idéologique du prolétariat. Une amélioration contrôlée, plus apparente que réelle, du sort des travailleurs, stimulerait la production de manière décisive et il en résulterait une maximisation du profit que les tenants du pouvoir se redistribueraient entre eux pour conforter leur assise sur le peuple. Brakov, qui avait lu Marx et Ricardo, était le principal artisan de ce plan, dont le cynisme ne pouvait déplaire à Voronkov.

Sans dévoiler son dessein ce dernier, avec sa douceur fielleuse habituelle, obtint de Rodion qu'il lui présente les principaux délégués ouvriers de la province ; il put alors faire son tri mais il ne réussit à en attirer qu'un seul, Piotr Portnoï, qui jouait les agitateurs depuis longtemps déjà dans une usine de charrues. Tous les autres refusèrent ses avances avec indignation.

Cependant depuis leur installation dans une maison coquette au centre du bourg Rodia et Sonia avaient renoué leur lien d'amitié avec le docteur Ipatiev et sa charmante épouse ; le patriarche Sergueï Ivanovitch s'était éteint doucement l'année précédente, et son fils avait hérité de la grande demeure. Ils s'y réunissaient souvent autour de la table familiale ; ou bien en été sur le domaine, dans des parties de campagne d'une folle gaieté. Kostia, qui avait grandi et forci, était parti à l'institut polytechnique de Moscou où il poursuivait avec brio des études d'ingénieur ; il venait lors des congés et reprenait ses conversations avec Rodia, toujours féru de politique.

Il avait toutefois adouci son discours et rêvait maintenant d'une constitution à l'anglaise, propre selon lui à tempérer les excès de l'absolutisme et à favoriser les progrès de l'industrie et du bien-être.

Un jour Sergueï Alexeïevitch et Anna, qui venaient de mettre la dernière main aux aménagements intérieurs, firent le tour du propriétaire avec leurs amis ; l'ambiance était très joyeuse et l'on s'extasiait sur la couleur des papiers, le drapé des rideaux, la finesse de la passementerie… Puis le maître de maison décida de les emmener au sous-sol afin de leur détailler sa cave riche en grands crus de France et de Bohême.

Ils débouchèrent par un escalier étroit dans une vaste pièce voûtée très fraîche, éclairée par trois flambeaux allumés par le sommelier qui ouvrait la marche. En apercevant les murs de pierre suintants sur lesquels leurs ombres fantastiques s'agitaient dans des reflets rouge sombre, au gré des chandelles agitées par un souffle d'air aigrelet, Sonia frissonna. Elle murmura : "Quel endroit sinistre ! Ca sent la mort ici ; remontons vite, Rodetchka chéri, je t'en supplie !"

Surpris du ton de ces paroles, qui avaient rompu le silence de manière insolite, il la regarda : ses traits étaient déformés par une sorte d'angoisse incoercible, le désespoir même se lisait dans ses yeux ; elle tremblait de tous ses membres et ne pouvait avancer d'un pas.

Rodia la prit dans ses bras et la ramena ainsi dans la chaleur moite du jardin. Il l'étendit sur un lit d'herbe ; on lui apporta un verre de thé, on l'assit, et la flamme de la vie revint peu à peu colorer ses joues. Une inquiétude sans objet dansa longtemps encore au fond de son regard où passaient des fantômes guidés par un enfant mort.

VI

UN PERE INDIGNE

Au bout de quelques jours, Rodion fut autorisé à quitter le lit et put bientôt sortir pour de courtes promenades dans l'enceinte du monastère.

Il marchait entre les bâtiments immaculés aux bulbes vert et or et longeait les murailles couronnées de rouge, s'arrêtant parfois au pied du clocher pour fumer une cigarette roulée. Il avait contracté cette déplorable habitude au bagne, pour tromper l'ennui des jours mornes ; au cours de sa vie commune avec Sonia il avait su s'en défaire par égard pour elle, dont les crises d'asthme étaient rendues plus sévères par la fumée bleutée du tabac. Mais maintenant à quoi bon ?... Les volutes compliquées chargées de poison occupaient son regard et il s'amusait à en suivre les méandres qui se dissipaient peu à peu dans le ciel d'été. C'étaient comme des signaux en réponse à tous les enfermés, l'écho dérisoire des années brûlées au soleil noir de la misère.

Le chant des oiseaux était semblable, la floraison aussi, et la légèreté de l'air. Pourtant ce n'était pas la même saison, ce n'était plus le temps du bonheur envolé ; la lumière était ternie par un voile de deuil dont il pressentait qu'il ne se dissiperait plus.

Zametov l'accompagnait. Il lui parlait de Sonia.

Comme elle était heureuse, dans sa boutique ! Avec les trois mille roubles de Svidrigaïlov, qui avaient plus que doublé grâce aux intérêts composés, ils avaient pu louer et équiper celle-ci qui occupait une bonne situation dans l'artère principale d'Iekaterinbourg, non loin du caravansérail. Sonia avait embauché une apprentie, puis une patronnière et encore deux couturières, devant l'afflux des commandes ; une ambiance chaleureuse et fébrile régnait dans l'atelier où l'on essayait les robes d'apparat au milieu des coupons de taffetas, de tulle ou de satin multicolores, des rubans de dentelles et de broderies qui débordaient des tiroirs sous les gravures de mode épinglées aux murs...

Aux grands bals qui jalonnaient la saison, chez le gouverneur, le receveur des postes, les grands propriétaires ou les fabricants, il n'y avait pas une crinoline qui ne sortît de chez elle ; et bien entendu toutes étaient uniques, incomparables, étoiles filantes d'un soir, troublantes chrysalides qui voyaient éclore le charme secret des nymphes de province... Beautés d'une nuit tournoyant aux lustres de diamant elles jetaient leurs feux désespérés sous les lambris de bois doré et fanaient avant l'aube, boules d'étoffe roulées négligemment au pied des lits... Mortes dépouilles que nul ne songeait à pleurer, prothèses dérisoires de la laideur ordinaire, offertes en holocauste au temple de Vénus...

Razoumikhine avait su par ses conseils avisés l'aider à mettre en route cette petite entreprise sous les meilleurs auspices ; elle générait de confortables profits, que Sonia partageait équitablement avec ses ouvrières et ses fournisseurs.

Dounia avait amené avec elle Apolline Ivanovna, en congé du Conservatoire où elle donnait des cours, entre deux récitals. Sa renommée de pianiste commençait à grandir au-delà des frontières, elle avait déjà effectué une tournée en Europe où elle rencontrait un succès appréciable. Elle venait de se fiancer avec un jeune compositeur symboliste et songeait à s'établir à Paris.

Les jours de cette époque furent parmi les plus heureux. On se réunissait le soir dans le jardin autour d'un repas simple et l'on parlait de tout et de rien, de l'air du temps, des choses passées et du présent qui s'envolait avec la légèreté gracieuse de l'oiseau. Polia se mettait au piano et chantait des lieder de Schubert d'une voix ailée ; Dmitri Prokofievitch racontait des anecdotes de leur vie d'étudiants pauvres, et déclamait avec une ferveur cocasse des poèmes d'auteurs français qu'il venait de traduire et d'éditer : "le bateau ivre", "les chants de Maldoror"…

Cela faisait sept ans maintenant que Rodia et Sonia s'étaient installés à Iekaterinbourg, la relégation avait pris fin ; libres de partir, de rentrer à Peterbourg, ils avaient cependant d'un commun accord choisi de rester tant ils étaient séduits par la douceur du lieu et de ses habitants. On vivait ici encore dans l'insouciance d'une province qui se serait endormie dans les années quarante, bien cachée derrière ses forêts, le front posé sur la courbe de sa rivière dans un sommeil béat, à peine troublé par l'arrivée du chemin de fer qui venait lui souffler son haleine chaude dans la nuque, l'aimable plaisanterie ! Sauf qu'un jour prochain, elle l'ignorait encore, Krov et Voronkov descendraient sur le quai surchauffé de la gare, sinistre avant-garde de l'armée du Progrès et de la Corruption…

Mais dans cet instant suspendu qui précède le malheur les habitants avaient encore ce sourire d'enfance des gens de la terre et leur avaient ouvert les bras sans poser de questions, comme à deux des leurs revenus indemnes de l'enfer des villes.

Devant le succès des productions artisanales de Sonia, l'idée du magasin leur était peu à peu venue comme une chimère ; jusqu'à cette lettre où le sage Razoumikhine leur avait expliqué tout le parti qu'ils pouvaient tirer du petit capital de Sonia.

Et ils avaient saisi cette occasion, non pas comme une source d'enrichissement possible, mais comme le moyen de rendre la vie plus belle à leurs concitoyens et de pousser durablement leurs racines dans ce pays où ils se sentaient si simplement, si merveilleusement bien, après tant d'épreuves.

Ce bonheur inattendu allait durer deux grandes années encore dans la douceur et l'épanouissement ; à peine assombri, le 28 janvier[12] de cet hiver-là, par l'annonce télégraphiée de Peterbourg de la disparition d'un des plus grands écrivains que ce siècle eût connus. Sans trop savoir pourquoi, Rodia et Sonia en furent particulièrement affectés comme par la mort d'un parent ou d'un ami très intime.

Pour l'heure, autour de la table, dans la tiédeur du soir, Dounia, les larmes aux yeux, racontait l'agonie et la mort de Porphyre Pétrovitch, survenue quelques années plus tôt dans des circonstances un peu analogues.

L'hiver qui avait suivi le triomphe de Raskolnikov à l'Université, un soir où il neigeait, le juge, sortant du théâtre, y

---

[12] 28 janvier 1881 : mort de Fiodor Mikhaïlovitch Dostoïevski

avait oublié son écharpe. Sur le chemin du retour il avait pris froid ; comme il travaillait sur l'instruction d'une affaire importante il avait quelque peu négligé de se soigner, jusqu'à ce jour de février où le greffier l'avait trouvé inanimé, allongé dans un couloir du tribunal. On l'avait ramené chez lui, un docteur était venu et avait diagnostiqué une fluxion de poitrine. Au bout de trois jours et malgré les ventouses et les fleurs pectorales, il crachait le sang ; la fièvre monta de plus en plus, jusqu'au délire.

Dounia, prévenue, l'avait assisté jusqu'à la fin ; le dernier jour la fièvre était tombée et Porphyre, revenu à lui, avait dicté ses ultimes volontés au notaire qu'il avait fait mander.

Il était criblé de dettes, ayant toujours pratiqué la plus grande générosité à l'égard des familles de ceux qu'il faisait condamner. Il fit don de son mobilier aux sœurs de la Charité qui recueillent les orphelins ; il ne put donc léguer à Rodion, son fils spirituel, outre sa bibliothèque juridique et son édition complète de Diderot, qu'un bien précieux qu'il avait confié à Dounia avec mission de le lui délivrer au terme de sa relégation : le secret de sa naissance….

- De quoi parles-tu donc ? s'écria celui-ci. De quel secret s'agit-il? Je suis le fils de Roman Bogdanovitch et de Pulchérie Alexandrovna, il n'y a aucun doute là-dessus, voyons ! Oh, je me doutais bien que ce juge me préparait une ultime chicane, avec ses discours moralisateurs ! Dire que j'ai presque cru à son amitié !

- Ne sois pas injuste avec lui, implora sa sœur. N'oublie pas que tu parles d'un mort, et je t'assure que tu te trompes sur son compte. Tu te laisses égarer par la colère ! Ecoute-moi donc jusqu'au bout. Oui, c'est vrai, il t'a aimé, discrètement, avec pudeur et fierté, comme le fils qu'il aurait voulu avoir et qu'il s'était choisi. Il a souffert autant que toi, peut-être même plus que toi, quand tu étais au bagne…

- ça, nul ne peut le dire ! s'exclama Rodia d'un air bougon. Allez va, Avdotia, raconte-nous cela, puisqu'il le faut, je suppose ! … Je suis prêt à tout entendre, maintenant !

- Le jour de ton arrestation, un homme est venu à la police, un certain Ephraïm Abramovitch. Il venait témoigner sur un suicide ; et ce qu'il a raconté au lieutenant était tellement étrange que celui-ci, après l'avoir écouté, l'a adressé directement au juge Porphyre.

Le matin, vers cinq heures, alors qu'il montait la garde devant une propriété, dans une rue proche de la petite Néva, un homme bien mis mais d'apparence très lasse s'est arrêté devant lui et lui a dit des choses incohérentes, au sujet de l'Amérique, je crois, et d'un voyage en ballon qu'il devait y faire… Puis il a sorti un pistolet de son manteau et s'est fracassé la tête, comme ça, froidement… Voyant quelque chose dépasser de la poche du mort, le gardien (qui jurait ses grands dieux n'avoir rien pris d'autre) y a trouvé une enveloppe cachetée sur laquelle il était écrit : « pour la postérité, avec mes regrets éternels ».

Dans sa lettre, l'inconnu confessait toute une série de crimes. Et il expliquait son suicide non par le remords mais par le désespoir amoureux et par l'indifférence hostile de son fils…

En effet, s'il n'avait pas eu d'enfant de Marthe Petrovna, sa femme légitime, il avait entretenu une liaison suivie avec une bonne amie de celle-ci. La pauvre jeune femme était mariée à un médecin militaire souvent absent. Celui-ci, homme sensible et lettré mais aigri par son métier, se montrait brutal et autoritaire à la maison et, aussi avec ses serfs. La naissance d'un premier fils n'y avait rien changé, bien au contraire ; la malheureuse languissait toute la journée, et le soir venu, son mari la délaissait pour des cocottes de cabaret ; il rentrait tard, le plus souvent pris de boisson, et la battait sans qu'elle osât crier, de peur d'éveiller le petit.

Instruit de cette situation par Marthe Petrovna, notre inconnu, séducteur impénitent, alla rendre visite à la malheureuse ; il n'eut pas grand-peine à la bouleverser par ses beaux discours, ni à lui faire perdre la tête. Il avait pris l'habitude de venir l'après-midi lui présenter ses hommages assidus. De cette union clandestine étaient nés une fille, puis un garçon plein de vigueur et de sensibilité. Mais un beau jour, sans doute occupé ailleurs, il avait cessé de venir la voir sans l'ombre d'une explication, l'abandonnant à sa douleur et à sa honte.

Pour comble de son malheur son mari se fit assassiner lors d'une jacquerie, et les terres laissées à l'abandon furent saisies et vendues à vil prix par les créanciers. La jeune mère dut se réfugier avec ses trois enfants sur les terres de son amie ; un scandale éclata alors avec la noyade d'une jeune paysanne, lorsque l'on découvrit que celle-ci s'était suicidée après avoir été abusée par le mari de Marthe Petrovna. Pulchérie Alexandrovna, découvrant alors l'étendue du vice et la lâcheté de son amant, s'était enfuie du domaine avec ses petits, après avoir avoué son lourd secret à son Marthe Petrovna. Celle-ci lui pardonna quelques années plus tard, considérant la détresse de la veuve (dont le fils aîné était mort entre-temps, emporté par une fièvre quarte) et la sincérité de son repentir.

Afin de l'aider à subsister elle avait même engagé sa fille dans sa maison, jusqu'au jour où elle dut s'en séparer : son odieux mari tournait autour de la demoiselle, et l'idée d'un possible inceste commis sous son toit horrifiait Marthe Petrovna.

Mais l'autre, voyant que sa femme avait tout découvert et menaçait de le dénoncer à la police, n'hésita pas à l'empoisonner avant de se lancer comme un fou, toutes affaires cessantes, à la poursuite de la jeune fille, emporté par une irrépressible passion d'homme mûr.

C'est alors, arrivant à Peterbourg , qu'il avait tenté de se faire reconnaître de ce jeune homme ombrageux, dont il désirait tant la sœur ! Celle-ci ayant repoussé fermement ses avances, il avait encore espéré une main tendue, un peu de compassion de cet étudiant exalté dont il venait de percer le terrible secret… Dans sa logique scélérate, le meurtre commis par le fils sonnait comme un écho aux méfaits du père ; il en attendait une sorte de retour, comme une justification du crime par le crime… Mais l'autre, tenaillé par le remords, était resté insensible à la détresse de cet homme perdu, et c'est ainsi que son dernier lien avec le monde s'était rompu…. Dois-je vraiment continuer ce récit qui me pèse ?… N'as-tu donc pas deviné de qui il s'agissait ?…

Au fil de ses paroles, Rodion était devenu très pâle, serrant les poings ; des larmes avaient coulé de ses yeux à l'évocation de sa mère et avaient tracé deux sillons parallèles sur ses joues. N'y tenant plus, il s'exclama :

- Svidrigaïlov, bien sûr ! Je m'en doutais, je m'en suis toujours douté, sans pouvoir y croire !!! Comment a t-il pu ?… Mais c'est impossible ! Je n'ai rien de commun, je ne peux rien avoir de commun avec ce monstre, ce débauché, ce criminel ! Lui, lui, lui ! Mais pourquoi se met-il toujours en travers de mon chemin ?… Ce démon ne me laissera donc jamais en paix !

Quel bonheur, que je ne l'aie pas écouté ! Alors qu'il avait abusé de ma mère et tenté de te faire subir le même sort à toi, ma Dounetchka chérie !... Comment aurais-je pu recevoir la confession de ce jouisseur, de cet assassin d'enfants ?... Son suicide a débarrassé l'humanité d'un fléau, et je m'en félicite !!! Pardonner ? Mais pourquoi pardonner ? Comment peut-on pardonner cela ?...

Raskolnikov se tut et resta prostré tout le restant de la soirée, abîmé dans une profonde mélancolie.

VII

COMBAT DE L'ANGE ET DE LA BETE

Cependant, alors qu'ils se trouvaient devant la tombe de Boris Godounov, au cœur du monastère, la conversation était revenue sur la question centrale des derniers mois passés à Iekaterinbourg : le Pouvoir.

Le docteur Ipatiev, qui soignait riches et pauvres sans distinction, faisant payer les uns pour mieux secourir les autres, avait la confiance des dirigeants ouvriers. Ces derniers qui connaissaient ses liens avec Raskolnikov le chargèrent de le prévenir des manœuvres qui se tramaient.

Tandis que Portnoï développait une agitation stérile, non seulement dans son usine, mais aussi parmi les chômeurs, multipliant les revendications impossibles et les serments démesurés, certaines spéculations voyaient le jour. Des logements populaires étaient vidés de leurs occupants du jour au lendemain, détruits puis reconstruits, les loyers étaient doublés sans préavis, des travaux fictifs étaient facturés et payés à des entreprises fantômes ; des cabinets d'éducation ouvrière et des officines de placement douteuses apparaissaient soudain pour solliciter les finances de l'Etat, du zemstvo ou des doumas municipales…

Rodion, qui donnait son avis sur les subventions publiques concernant ces dernières opérations, porta désormais une attention particulière aux demandes qui lui étaient soumises.

C'est ainsi qu'il fut amené à émettre des avis défavorables concernant certains organismes, les rapports d'activité dont il exigeait la fourniture étant manifestement truqués.

Ce fut le cas notamment pour le projet présenté par Galena Mikhaïlovna Sorokina. Cette ancienne directrice d'école radiée des cadres pour incompétence était devenue la compagne de Voronkov. Elle s'était imaginée, du fait de son ancien métier, qu'elle pouvait non seulement alphabétiser les nombreux chômeurs ouzbeks et turkmènes, mais encore conseiller les fabricants sur l'organisation des ateliers pour la mise en place de la journée de dix heures, rendue obligatoire par une loi récente.

Le document qu'elle lui avait présenté était truffé de fautes d'orthographe ; et son incompétence en matière d'économie était démontrée : l'année précédente Voronkov avait intrigué pour obtenir un vote favorable du zemstvo, confiant à la Sorokina la mission de dénicher et d'aider des créateurs d'activités nouvelles dans le but d'aboutir à de nombreuses embauches. L'opération s'était soldée par un échec lamentable, des milliers de roubles s'étaient évaporés sans résultat et Rodion s'était opposé à son renouvellement.

De plus il considérait comme malsain qu'un quasi-fonctionnaire comme Voronkov puisse trouver intérêt aux financements publics attribués à sa concubine, dans sa propre zone d'influence.

Pour toutes ces raisons il adressa un rapport circonstancié au gouverneur, détaillant les arguments en défaveur des demandes de Galena Mikhaïlovna.

La réponse tardant à venir, Voronkov furieux fit un jour irruption dans son bureau :

- Que se passe t-il, Raskolnikov ?… J'apprends que tu n'as pas encore autorisé le financement du projet de Galena ?… Y aurait-il un problème, par hasard ?…

- Je ne vous autorise pas à me tutoyer, monsieur le comte, et je ne comprends pas cette intrusion. Vous avez vos responsabilités dont je ne me mêle pas ; laissez-moi donc exercer les miennes sans venir me troubler de cette façon. J'attends vos excuses !

- Oh ! Je vois bien que tu veux me mettre des bâtons dans les roues, petit morveux. Tu es bien celui que je pensais, un assassin sans envergure. Avec ta Sonia, vous êtes bien assortis !

- Mais de quoi vous mêlez-vous ?... Vous n'avez pas le droit...

- Je me fiche bien du droit, espèce de tabellion ! Vous m'insupportez, avec votre droit ! De toute façon, j'ai tous les droits ! N'oublie pas qui je suis ! Je jouis des plus hautes protections ! Et j'en sais de bonnes à ton sujet ! Mon ami Loujine...

- Sortez, Monsieur, sortez de mon bureau ! J'en ai assez entendu pour aujourd'hui ! »

Loujine en effet avait fait son apparition il y a peu dans les salons du gouverneur, alléché par les opportunités de placements dans la région. Il n'avait pas tardé à s'acoquiner avec Voronkov ; ayant appris la présence de Raskolnikov et de Sonia, sur laquelle il avait toujours des vues, il prenait un malin plaisir à bavasser sur leur dos.

Les élections au conseil de zemstvo devaient se dérouler au mois de mai et l'on espérait encore que le nouvel empereur, reprenant le projet de son prédécesseur, réunirait la douma à Peterbourg. Brakov et Balatokov étaient naturellement sur les rangs pour la noblesse, et d'aucuns prétendaient (sans y croire vraiment) que Portnoï guignait un siège à la députation du Tiers.

Quoi qu'il en soit tous intervinrent auprès de Choutov, certains avec véhémence, afin que le projet de la Sorokina soit retenu.

Bitbaklouchine, le chef de département, homme robuste doté d'un bon sens paysan, que Rodia avait tenu informé dès l'origine, avait tout d'abord haussé les épaules, déclarant que tout cela se calmerait bien vite, et qu'il était inutile d'ennuyer la baronne avec ces bagatelles. Il demanda même à Rodia de changer le nom de son bureau afin de le différencier clairement de celui de Voronkov ; ils se mirent d'accord sur l'appellation de « pôle ouralien », laissant au comte l'exclusivité de la « mission économique ».

Cependant d'autres affaires défrayaient la chronique locale, et semblaient donner raison à Bitbaklouchine.

Ainsi suite à la découverte des spéculations immobilières on venait d'arrêter et d'inculper un escroc de haut vol, Iouri Louguitch, dit Iouri « la banane » en raison de la mèche qui lui retombait sur le front, dont la forme étrange rappelait vaguement celle de ce fruit exotique récemment introduit en Russie.

Son arrestation avait été émaillée d'incidents, on avait tenté par divers artifices de le faire relâcher ; mais la commissaire, une jeune femme récemment sortie de l'école de police de Novgorod, avait tenu bon et avait su lui soutirer des aveux grâce auxquels on découvrit l'existence d'une loge maçonnique où se côtoyaient allègrement banquiers, fonctionnaires, entrepreneurs, policiers, magistrats et affairistes de tous poils. Iouri était l'âme de la confrérie, qu'il régalait régulièrement aux meilleures tables ; l'on y croisait aussi certains élus du peuple.

On n'en apprit guère plus sur ce sujet, car la courageuse commissaire fut miraculeusement promue sur un poste à Vladimir, ville dont elle était originaire ; elle n'aurait pas rêvé obtenir si vite une telle mutation, qui survient dans les meilleurs cas après de longues années d'attente...

Cependant on apprit que les banquiers accordaient des prêts importants à Louguitch sans prendre de garanties (entre amis, ça ne se faisait pas !) pour l'achat et la rénovation d'immeubles destinés à la location, qui ouvraient droit à des aides publiques, versées sans la moindre enquête. Les travaux étaient surfacturés à des entrepreneurs qui se contentaient d'effectuer des replâtrages. A l'inverse les économies déposées dans les banques par les petits épargnants, soi-disant investies dans des opérations immobilières juteuses, prenaient le chemin de caisses noires via des circuits compliqués dont seul Iouri connaissait le détail. Mais il ne voulut pas en dire plus aux enquêteurs, car il n'acceptait de se confier à nul autre qu'à la jolie commissaire, dont le départ avait été hâté par les autorités.

On chuchotait que ce réseau avait permis de collecter des fonds électoraux occultes qui servaient aussi à fomenter l'agitation dans les campagnes et les manufactures, afin de peser sur les votes. En tous cas les intermédiaires se servaient largement au passage : Louguitch et ses sbires, certains banquiers et d'autres, policiers et fonctionnaires du zemstvo ou de la municipalité, menaient grand train, bien au-delà de leurs possibilités.

Lorsque le procès s'ouvrit le substitut chargé de l'affaire, Piotr Niemtski, qui avait enquêté sur le déplacement précipité de la commissaire, fit sensation en accusant nommément dans son réquisitoire le surintendant de police de corruption active et de complicité d'escroquerie. Le scandale énorme qui en résulta éclipsait de très loin les petits soucis de Rodion avec la Sorokina.

Zametov lui demanda, avec un regard perçant :

- Tu ne savais rien de tout cela, n'est-ce pas ?... C'est Karkatov qui tire les ficelles : à l'école impériale, il leur farcit la tête avec ses théories fumeuses. Mais il a affiné son discours : le crime individuel, c'était tout juste bon pour les étudiants de la faculté ; il est maintenant passé à un degré supérieur. Il s'agit rien moins que de promouvoir le crime contre le bien commun. Il lui faut peu à peu saper l'autorité de l'Etat par en bas : en organisant, dans les provinces et les districts, le sabotage systématique des réformes ; en décourageant la bonne volonté et l'esprit d'initiative de ces millions de petits fonctionnaires qui font notre force et vouent leur existence, humblement et sans artifice, à la Russie, leur mère ingrate…

Quel est son but ?… me diras-tu. Oh, c'est toujours la même chose : ce qui est visé, c'est tout simplement le renversement du régime ! A leurs yeux l'empereur représente l'Antéchrist, c'est à dire l'ennemi absolu, ne l'oublions pas. Pierre a ouvert toutes grandes les portes de l'Occident, c'est de là que vient tout le mal, la tare originelle des Romanov !.. Il est vrai qu'il n'en est pas venu que du bien ; je suis payé pour le savoir….

Vois-tu Rodia, dans la police secrète, nous nous informons sur tout ce qui se passe, au dedans comme au dehors : c'est là notre métier ; et ce que nous voyons n'est guère brillant, crois-moi. Nous pouvons ainsi parfois deviner d'où soufflera le vent ; vent d'est, vent d'ouest…

Tiens, je ne sais pas pourquoi j'y pense, mais j'ai lu récemment quelque chose d'intéressant dans la gazette de Moscou, au sujet de ce Napoléon que tu admires tant. C'est un article d'un chroniqueur qui le tient de son grand-père, un colonel de la Grande Armée.

Quand il s'est installé au Kremlin, l'empereur des français ne s'est pas contenté d'y établir ses quartiers d'hiver et de réclamer des chevaux et des vivres pour ses hommes ; non, très curieusement, il a fait venir de France une bonne partie de sa Cour, les grands dignitaires avec femmes et enfants, mais aussi les chambellans, les cuisiniers, les perruquiers, les couturières, les carrossiers, les architectes, les peintres, les musiciens, toute une armée de serviteurs et d'artistes ; et puis des prêtres, des diacres, des évêques ; jusqu'au pape, retenu prisonnier, transféré à Fontainebleau en prévision du prochain voyage qui n'a jamais eu lieu, l'heure de la défaite ayant sonné trop tôt ! Quel était son dessein ?… Tiens, regarde donc, voici tout ce qu'il en reste !

Ils étaient arrivés au bord d'un appentis, au pied de la muraille ; là, sur le sol de terre battue, parmi les faux rouillées et les ballots de paille, traînaient trois ou quatre canons de bronze bleuis. En s'approchant et en grattant la couche d'oxyde, Raskolnikov eut la surprise de déchiffrer des inscriptions en français : *« Vive la Nation, 1792 »*, *« La Liberté ou la Mort, 1793 »* ou encore les aigles impériales accompagnées de la date *« 1812 »*…

- Eh oui ! reprit Zametov, fier de son effet ; il est venu jusqu'en ces lieux, où était établie l'une de ses garnisons… Quand ils sont repartis, ils avaient miné le couvent, et c'est seulement grâce au courage de quelques sœurs, qui se sont précipitées pour éteindre les mèches en pissant dessus (tu imagines ce spectacle ? ! !), que ces vénérables bâtiments nous abritent encore aujourd'hui…

Selon notre historien l'empereur avait un plan secret, qui permet rétrospectivement de comprendre bien des choses : il voulait se faire sacrer de nouveau, mais à Moscou , par le pape et l'archimandrite réunis ; son projet était tout simplement de devenir le double héritier de Rome et de Byzance ! Ah ! Réunir sur sa tête la tiare et le diadème, réunifier l'Empire, réaliser l'unité de Dieu sur la terre !

Ce rêve de démesure s'est brisé comme tu le sais sur les bords de la Moskova gelée, grâce à la résistance acharnée de nos humbles paysans et aux rigueurs de l'hiver russe… Les dures réalités de la terre et du peuple ont triomphé une fois de plus de la folie mystique d'un tyran. C'est mieux ainsi, n'est-ce pas ? Quelle leçon d'humilité !

Mais aussi quels regrets ! N'est-ce pas le désir de tout homme, que de reconstituer cette unité perdue ?

Au bout du compte, le mal ne vient ni de l'Orient, ni de l'Occident ; mais de cette césure radicale dont la ligne de fracture traverse nos cœurs et qui nous ronge… De là est issu cet appétit de conquêtes, la volonté de puissance, le fanatisme religieux : à défaut de savoir nous gouverner nous cherchons à asservir l'Autre, celui qui réside au delà de la faille, sans réaliser une seconde que cet Autre jalousé et haï n'est autre que nous-même, notre reflet dans le miroir brisé de l'âme, perle à l'orient perdu !…

Partant de ces prémisses, la vanité des entreprises de domination nous apparaît clairement ; qu'il s'agisse de guerres profanes ou de croisades, offensives ou défensives, nous nous trompons toujours : l'ennemi n'est pas en face, il est en nous : il est nous-même, Etéocle et Polynice en perpétuel combat sans vainqueur ni vaincu.

Ainsi il ne peut y avoir de bon système politique ; notre imperfection même nous pousse cependant à organiser notre société de la moins mauvaise manière. L'autocratie que nous connaissons est devenue la cible de tous les hommes éclairés du pays, et de l'Europe entière. Pour moi, si je défends notre empereur c'est pour l'unité qu'il incarne, cette osmose entre la terre, le peuple et Dieu ; cependant je suis le premier à déplorer l'aveuglement du prince, qui ignore les immenses souffrances répandues alentour.

Quant à la démocratie… c'est une autre histoire. Qu'on me la montre donc ! Existe t-elle vraiment, cette utopie majeure peut-elle réellement exister ?... Et sommes-nous mûrs pour la recevoir ?... N'oublions jamais que toute forme de pouvoir repose sur le crime. Le tsarevitch Alexis… Plus près de nous, la république des français est sortie, telle Vénus de son bain, du sang répandu de la famille royale… Ceci est vrai à tous les niveaux, j'en viens à le croire avec ce que je sais.

- Je n'approuve pas tout ce que tu viens de dire, même si j'en partage l'essentiel ; je ne considère pas Napoléon comme un tyran, mais comme le libérateur des peuples. La révolution française a tout de même ouvert des perspectives nouvelles en balayant un régime aristocratique corrompu jusqu'à la moëlle, qui s'abreuvait du sang de la nation... Fallait-il donc s'arrêter en chemin pour ne pas déranger les boucles de la belle autrichienne, et laisser régner l'injustice universelle par excès de délicatesse ?... Ton raisonnement va trop loin : si je considère que l'oppresseur est mon frère et que l'ennemi n'est autre que moi-même, alors je ne peux plus me battre ; je n'ai plus qu'à m'asseoir au bord du chemin et pleurer, ou bien me faire ermite ! Cela revient à accepter l'injustice et à considérer la liberté, la vie même comme des erreurs monstrueuses... Non, nous devons continuer et lutter de toute notre énergie contre cela. Et si un homme décidé parvient à soulever les foules, eh bien, pourquoi ne pas le suivre ? Pourquoi le soupçonner dès l'abord de rêver à l'empire ?...

- Mais parce que c'est dans notre essence même que réside le Mal ! Comme le disait Saint-Just, l'un des plus purs : "le peuple n'a qu'un ennemi mortel : son gouvernement !"... Toute forme de gouvernement des hommes porte en soi les germes de la tyrannie, et je crains fort que la démocratie n'y fasse pas exception...

C'est la raison pour laquelle il faut qu'existent des institutions républicaines puissantes et indépendantes, chargées de surveiller, de contrôler les actes du pouvoir et d'en corriger les excès. Tu as raison de dire qu'il faut agir. Mais il faut toujours refuser le crime, qu'il soit individuel, collectif ou d'Etat. Et aussi se soumettre à une sorte d'ascèse personnelle, afin de contenir ce mal qui est en nous et que nous ne pouvons extirper. Faute de quoi tous les abus sont possibles, et se produisent nécessairement tôt ou tard.

Tu te souviens de Karolski ?…

- Si je m'en souviens, de ce misérable ! Krov l'avait désigné pour enquêter sur le service. C'était une sorte de consultant privé chargé de quelques cours à l'école impériale ; il louait son savoir-faire aux marchands et aux banquiers, soit-disant pour analyser leurs relations avec leurs clients, leurs fournisseurs, leurs préposés… Et ses rapports concluaient invariablement à la nécessité de rompre les contrats, dans le seul but de majorer les profits. Un tueur professionnel au service du capitalisme financier, en somme.

Il sévissait autour de la Volga dans l'année qui a précédé les troubles, je l'ai su par un collègue de Kazan ; il a dû s'enfuir précipitamment, même le gouverneur n'a plus voulu de lui, tant il avait réussi à mettre de l'huile sur le feu !…

Krov affectait de lui vouer une confiance totale, et j'ai dû me plier à une série d'entretiens avec lui, de même que Voronkov, qui jubilait, et d'autres membres du bureau ; l'objectif là aussi était clair, bien qu'inavoué : il fallait monter un dossier. Contre qui ?… Officiellement, il s'agissait d'améliorer les relations internes et l'efficacité globale de la mission. Mais la réalité, c'est qu'il fallait désigner une victime expiatoire.

Je n'ai jamais pu voir son rapport, malgré mes demandes réitérées. Sans doute n'était-il pas montrable… Ce courtisan m'a abordé d'emblée en me tutoyant, d'un air faussement avenant. Il voulait que je lui livre tout ce que je savais sur Voronkov et sur le reste. Il s'agissait cependant de secrets d'Etat qui auraient pu au besoin intéresser un juge d'instruction, mais certes pas un petit jocrisse comme celui-ci, sorti d'on ne sait quel trou à rats !…

Dans le giron de Jésabel il a pu assister à toutes nos réunions internes, au risque qu'il aille en moucharder le contenu à l'extérieur, devant la prévôté des marchands ou quelque comité secret… Ces parasites se vendent au plus offrant, ils piétineraient leur mère pour un bol de bouillon !… J'ignore combien elle l'a payé pour cette sale besogne, une belle somme sans doute, à voir comme il s'empressait autour d'elle ! C'est à peu près à ce moment que ce serpent de Voronkov est devenu impudent à mon égard, ouvertement et sous l'oeil approbateur de Krov. L'ambiance est très vite devenue irrespirable.

Un jour, Bitbaklouchine m'a prévenu qu'elle lui avait demandé mon changement de poste avec une certaine véhémence. Je suis allé la voir ; tout en riant et en badinant comme à son habitude, elle a soudain planté son regard froid dans le mien et m'a dit : "Votre chef nie vous avoir jamais demandé de changer le nom de la mission ; et vous soutenez le contraire avec un bel aplomb. L'un de vous deux ment, je veux croire que c'est vous. Vous vous en repentirez !…"

Bitbaklouchine, lorsque je lui ai rendu compte de cet entretien, n'a pas voulu se souvenir de sa décision ; il suait la peur et m'a demandé de réfléchir sur "mon fonctionnement". Krov lui avait dit : « si vous ne le déplacez pas, c'est vous qui sauterez ! » Je lui ai répondu que ma présence était son meilleur rempart ; que s'il me déplaçait, il commettrait une erreur fatale…

Voronkov s'est aussi mis à m'espionner, sans doute avec l'aval de la baronne. Par je ne sais quel moyen (probablement un dispositif acoustique scellé dans la cloison à la faveur de récents travaux de réaménagement), il épiait mes conversations. J'en ai acquis la certitude à deux reprises aux moins en réunion avec Krov, lorsqu'il a cité telles quelles, avec un plaisir évident, des expressions que j'avais utilisées la veille devant mes visiteurs ; et comme ce mot sur l'honneur sonnait étrangement dans sa bouche, lui qui ignorait tout de cette notion !… Il lisait mon courrier et parcourait mes notes en mon absence, cherchant vainement des preuves pour me compromettre.

La Sorokina alla faire du scandale auprès de Krov et de Bitbaklouchine, menaçant de venir camper devant le palais du gouverneur. Sur les instances de Voronkov, Brakov et Balatokov furent reçus en audience privée.

Malgré toutes ces pressions, j'ai tenu bon. Dans un rapport complémentaire, j'ai apporté des éléments nouveaux démontrant la corruption de Voronkov, que je suis venu présenter à Choutov.

L'entrevue a été très drôle ; à chacune de mes affirmations, devant chaque pièce accablante que je lui présentais il sursautait, il bondissait, il explosait d'indignation ; le petit homme était sans doute sincère, et tout son sang de méridional lui montait à la tête. Il était déçu, trahi, roulé dans la farine par cet homme, cet escroc qu'il avait reçu en toute confiance, qu'il avait invité à sa table et jusque dans sa maison ! "Les bras m'en tombent !", s'exclamait-il avec son accent inimitable, courant et tricotant de ses petites jambes ; il roulait sur le parquet ciré comme une boule de billard, rebondissait aux quatre murs de son bureau d'apparat puis retombait sur ses pattes, trépignant de colère.

A la fin il se calma ; il m'assura de son soutien. Il chasserait sur l'heure Karolski, ce pendard, il jetterait au cachot Voronkov et la Sorokina, ce couple de gredins, il parlerait à Krov; il apaiserait toute l'affaire, je n'avais rien à craindre, bien au contraire, j'avais agi comme il le fallait, je méritais les honneurs ; mais pourquoi aussi n'étais-je pas venu lui en parler plus tôt ?

A la vérité j'avais bien essayé de le voir au début mais l'on m'avait éconduit, au prétexte qu'il souffrait d'un accès de coliques néphrétiques. Et j'en avais déduit, peut-être à tort, qu'il ne voulait pas me voir. Pour ne pas le froisser je ne lui rappelai pas cet épisode; de toute façon, il était vain de vouloir réécrire le passé…

Oui, c'est bien ainsi que les choses ont commencé. Et puis il y a eu ce bal, chez le gouverneur…

- Arrivé à ce stade, tu ne percevais rien encore ?… Tu pensais toujours qu'il ne s'agissait là que d'un simple différend administratif, facile à lever ?… Tu ne voyais rien d'autre, autour de toi ?

- Si, bien sûr, je n'étais pas totalement naïf ! Malgré cette séance réjouissante avec Choutov j'étais inquiet, et je gardais un fond de méfiance. L'intervention des élus m'avait mis la puce à l'oreille. On se rapprochait de la date de renouvellement du conseil de zemstvo, les affiches commençaient à fleurir. Les gazettes de la capitale bruissaient de rumeurs contradictoires sur le projet de douma. On venait de condamner les assassins de l'empereur, il y avait eu des pendaisons et des déportations, les arrestations se succédaient…

Et puis Portnoï, après avoir lassé les ouvriers de son usine, avait monté un groupe d'action avec des chômeurs ; il les excitait contre le bureau de placement que j'avais mandaté, qui était indépendant de toute coterie et accomplissait un travail sérieux; il voulait promouvoir une officine douteuse, soutenue par la fraction dure du patronat libéral, et se répandait dans la presse locale en propos incendiaires ; Brakov, sautant sur l'occasion, réclamait ma tête.

- C'est alors que tu as répondu ?
- Il y avait déjà eu des attaques dans la presse, au printemps précédent; Brakov, pour se faire mousser, réclamait un "homme nouveau" pour intervenir sur les dossiers sociaux. Choutov, que j'avais immédiatement prévenu, prétendait ne pas être au courant et se refusait à publier une mise au point.

Cette fois, les choses allaient trop loin ; devant un tel acharnement, il fallait intervenir. A travers ma personne, c'était l'Etat, l'Etat-arbitre, le garant de l'égalité et de la justice, que l'on insultait en toute impunité. J'ai parlé de ma préoccupation à Provodine, un directeur de revue que je connaissais et dont j'appréciais le courage et l'indépendance d'esprit. Celui-ci m'a alors envoyé Krestitch, un journaliste plein de talent, et j'ai informé ce dernier sur la réalité de la situation, lui fournissant des nouvelles apaisantes sur le niveau du chômage, le développement de l'industrie, l'application de la loi des dix heures…

Bien sûr, tout cela s'est passé très vite ; Bitbaklouchine était en villégiature en Crimée, Choutov était encore souffrant… J'ai averti Staritsine, le bras droit de Bitbaklouchine, de cette demande d'entrevue pour laquelle il n'a pas émis d'objection… L'article est sorti le deux septembre dans "l'Eclair de l'Oural", ouvrant toutes grandes les portes de la tempête.

Mandé par Krov, Bitbaklouchine a dû rentrer précipitamment et il m'a signifié un avertissement. C'était bien le moins qu'il puisse faire. Je lui ai répondu par écrit, en expliquant les circonstances, lui faisant remarquer que mes propos étaient on ne peut plus justes et modérés, surtout si on les comparait à ceux d'un collègue inspecteur à Peterbourg, qui se répandait en déclarations outrancières dans les gazettes de la capitale sans en être inquiété le moins du monde… Il est vrai que celui-ci était aussi membre du comité directeur du parti KD, dont il représentait l'aile la plus radicale. En tant que tel, il était intouchable…

Bitbaklouchine m'a rétorqué que tout cela c'était de la politique, et que les enjeux locaux, ici, à des milliers de verstes de Peterbourg, n'avaient rien à y voir ; que nous autres, humbles fonctionnaires, n'avions qu'à obéir sans chercher à nous mêler de tout cela. Que Brakov n'était qu'un roquet, Balatokov une verge molle et Portnoï un vendu ; et qu'il valait mieux éviter d'entrer dans les querelles de nos maîtres afin de n'être pas rossés à leur place…!

Il avait sans doute raison, dans sa sagesse héritée du fond de la nuit esclavagiste.

Cependant le mal était fait, à ma grande satisfaction, et Krov exigeait ma mutation.

Il me demanda encore, sur le ton de la confidence, si j'avais sollicité moi-même cette entrevue avec Krestitch.

Sachant qu'il s'agissait là d'une faute que l'on ne manquerait pas de me reprocher et que l'on pourrait utiliser après coup pour justifier ma mutation, je répondis que non.

Je ne savais si je pouvais accorder ma confiance à cet homme, ni s'il n'irait tout raconter à Krov, trop content d'atténuer ainsi sa responsabilité dans tout cela. Après tout, il avait sous-estimé le problème avec Voronkov et il avait menti lui aussi contre moi, pour se couvrir, dans l'affaire du pôle ouralien …

Il me regarda d'un air incrédule et insista encore, ajoutant qu'il connaissait bien Provodine et qu'il saurait, tôt ou tard… Je niai à nouveau. Quelle importance?… Mensonge pour mensonge ; je n'avais pas de bonne raison de lui livrer cela.

De toutes les façons il ne me croyait pas, je le voyais bien ; il me fallait gagner du temps, c'était tout ce qui comptait : je voulais parler à Krov une dernière fois, seul à seule, et lui dire la vérité.

Pas celle-là, bien sûr ; cette petite vérité-là n'intéressait personne, elle n'avait aucune espèce d'importance, en définitive ; pas plus que celle sur Voronkov, la Sorokina, Portnoï, Karolski, Brakov et tous les autres. Elle en savait bien plus que moi sur ces baudruches qui se dégonflaient tout à coup, là, devant moi. Toute cette comédie vaine et triviale se muait en un improbable théâtre d'ombres où le juge se confondait avec l'assassin, le vrai avec le faux, le beau avec le laid, le Bien avec le Mal …

Ils avaient fait un tour complet du monastère et leurs pas les avaient ramenés devant le tombeau de Boris Godounov, l'usurpateur bien-aimé. Rodion reprit :

- La vérité ? Quelle vérité ?… Pourquoi la vérité ? Dans quel but ? Au service de quelles fins obscures ?…

Non, non, je ne la lui devais pas, à ce Bitbaklouchine qui m'observait de ses yeux tranquilles, lui qui un jour m'avait dit avec une désarmante sincérité après un exposé sur les turpitudes de Voronkov : "Au fond, pourquoi lui en veux-tu à ce point ? Que t'a t-il donc fait ? Il en profite, eh bien ! Tant mieux pour lui !… Tu es jaloux ?… Tu voudrais en faire autant ?…" Et sur un ton rêveur il avait ajouté : « Tu as une bonne plume et tu mens bien ; tu devrais écrire pour ton compte, un jour. Tu ferais un bon écrivain… ».

Mais que valait donc la seule Vérité, au-delà de toute Morale? L'Homme Nouveau qu'il avait voulu être, après le crime initiatique, débarrassé enfin du bien bourgeois et du mal mesquin, cet être éclatant de lumière, ETAIT la Vérité !… La Vérité unique, la seule, l'éternelle, face à quoi toute affirmation pâlissait jusqu'à devenir mensonge !…

Pourquoi donc ce qu'il martelait avec tant de force depuis tout à l'heure, ce mensonge infime, devant cet homme ordinaire, restait là, parole tronçonnée, niaiserie pantelante sur l'étal de sa conscience ?...

Tantôt près de l'un, tantôt près de l'autre, face à face, échangeant sans cesse leur place par dessus le bureau poisseux de sang, les regards de l'Ange et de la Bête se heurtaient dans un froissement de cristal, épées croisées dans le vide...

VIII

LA DISGRACE

Zametov parti, Raskolnikov resta longtemps assis là, au bord du monument funéraire, tandis que le crépuscule incendiait d'or et de pourpre les toits du monastère.

Après cela, l'entrevue avec Krov. Odieuse, la baronne l'avait écouté en souriant, puis elle avait soupiré, d'un air faussement navré :

- Vous savez, il n'est pas question de vous déplacer, je n'en ai ni l'intention ni le pouvoir ! Et quand bien même il en serait ainsi c'est à votre chef, Bitbaklouchine, et à nul autre qu'appartiendrait la décision !… Hélas vous n'avez pas la même chance que nous qui sommes issus de l'Ecole Impériale d'Administration ; notre hiérarchie sait reconnaître nos mérites, et nos carrières sont suivies !… Il est vrai que notre association d'anciens élèves est puissante et efficace !… Dommage pour vous vraiment, vous valez mieux que ça !…

Il la regarda. Elle se délectait de ce pouvoir dérisoire dont elle était dépositaire, elle se jouait de lui comme un chaton d'une pelote… Face à elle il se tenait les poings serrés, dur comme un roc, inaltérable sous le ressac de ces paroles corrosives.

Elle riait, mais ses yeux de marécage étaient fixes ; il en coulait une haine triste. L'arrêt venait d'être prononcé sans appel comme une déclaration de guerre, dans l'au-delà des mots.

- Vous viendrez demain au bal, n'est-ce pas ? Je compte sur vous mon ami, et sur votre charmante femme !

Tandis qu'elle parlait son esprit vagabondait à mille lieues, cherchant à percer une nouvelle évidence : il n'y avait pas de Vérité.

Mais non, ce n'était pas tout à fait cela : exactement il y avait là entre eux une sorte de monstre qui serait sorti d'eux. Et l'ectoplasme douloureux restait planté là comme un secret obscène, indicible. Cette chose molle et cruelle les engluait de son étreinte et ne les lâcherait plus : ils le surent aussitôt sous l'œil fascinant de la goule ; fruit honteux d'une rencontre de hasard, objet virtuel né de la convergence de leurs regards.

Enfin le crime était consommé. La honte le submergeait. Tous les mots étaient vides. Comme une urgence, il sentit qu'il devait partir. Il n'y avait rien à dire, rien à répliquer. D'un pas lourd il s'en alla, sous le regard boueux de la femme-serpent.

Dans le couloir il se mit à courir, pris de nausée, les mains sur les oreilles pour étouffer le cri muet et assourdissant de la chose assassinée. Il connaissait cela. Mille fois vécu ce mépris de soi-même. Fuir. S'enfuir au delà de l'horizon. Un ballon pour Ailleurs… D'où venait cette idée ?… Où et quand pouvait-on échapper à ses rêves ?…

Une Amérique de carton-pâte s'agitait frénétiquement devant ses yeux; la Liberté couronnée de pointes juchée sur un gratte-ciel dansait le cancan et, soulevant sa toge, montrait son postérieur à la face de l'univers dans un frou-frou de dentelles, tandis que de son flambeau pointé elle embrasait la Mésopotamie… Les tours de Manhattan, gigantesques clochers de la Religion nouvelle, sonnaient la Pâque à toute volée ! Autour d'une corbeille des pasteurs vêtus de noir, sinistres, armés de fausses bibles, prêchaient la croisade contre l'Antéchrist dans un nuage de dollars ; au même instant dans un garni sordide de Brooklyn un poète allongé, songeur, écoutait pleurer Dieu dans la chambre voisine…. Là-bas était le Nouveau Monde aux valeurs inversées ; là-bas il serait, vierge à nouveau, enfanté par la Ville, lavé de tout péché par l'eau lustrale, atlante surgi de l'océan primitif.

Ainsi régénéré et revêtu de la toge prétexte, le front clair ceint de pampre et de lauriers il danserait, danserait, danserait sans fin le tango de la Vie renouvelée et ses pas lèveraient les oiseaux de la baie qui lui feraient suite en un cortège piailleur au-dessus de l'Hudson, au long des avenues pavoisées, au cœur battant de la prairie indienne gorgée du sang des enfants morts !...

Cependant, au bal du gouverneur, Sonia et lui n'avaient dansé que le grelot - le terrible grelot de la peur nécessaire, celle qui tord l'âme et les boyaux et martèle les membres, tam-tam de l'Orénoque, celle qui soulève le cœur-tsunami et ravage la face ainsi qu'un rivage recouvert de méduses, zinzin vaudou qui mène le branle, scande sans pitié les pitoyables pas de ceux qui vont mourir, les pieds entravés au plancher de sargasses …

Ils étaient tous là dans leurs uniformes chamarrés d'or et de pourpre, un peu gênés d'abord de les voir arriver, Sonia et lui ; dans les bouffées de musique les yeux brillaient d'éclats fauves et les suivaient, insistants, avides, tandis que Loujine et Voronkov plastronnaient. La Sorokina voletait en jacassant d'un groupe à l'autre, frénétique, et répandait la rumeur parmi les nobles dames et les messieurs bien mis : un assassin ! Une prostituée !... Lui, bien sûr, on l'avait toujours su, avec son faciès, l'air brute des gens de son espèce ; mais elle, Sonia la couturière, si gentille, si habile, comment était-ce Dieu possible ?...

Si si, je vous assure, triomphait Loujine, ce presque vieillard dont les côtelettes blanchies faisaient ressortir la couperose et le regard de faïence ébréchée ; sur la perspective Nevski, en robe rouge à volants, elle allait et venait effrontée, pour dix roubles elle se vendait à l'inconnu, à l'inconnu elle offrait sa vertu...

A l'inconnu, vraiment ? Mais quelle chance avait cet inconnu

L'inconnu qui buvait sa vertu

Tous les soirs à nouveau

Un nouvel inconnu

Parfois le même

Parfois un autre   Toute une cour de prétendants

Ils se pressaient pour soulever sa traîne

Courbés baisaient sa crinoline

Lui faisaient révérence

Leurs chapeaux-claques tombaient dans la boue tant ils se penchaient

Pour apercevoir son mollet

Ces beaux messieurs en redingote

La fine fleur des palais des ministères

A six heures ils roucoulaient

Et à minuit se pavanaient encore

Faisant la roue

Sonnant les roubles en or

Et tous les soirs un inconnu

Un nouvel inconnu

Ou peut-être le même

L'enlevait dans ses bras l'emportait

Rue des petits-hôtels

Parfois le même

Parfois un autre

Tous les soirs à nouveau

Quelle chance il avait

Elle riait dit-on à gorge déployée et d'un coup de ses reins

C'est leur esprit qu'elle chavirait

Emplissant son giron des âmes dévissées

De ses amants d'un soir

Elle courait ensuite quelle abomination

S'étendre lascive à l'autel

Marbre froid   Cierges noirs

Etrange cathédrale

Au pater inversé prise de transes

Satan apparaissait venait sur elle et la couvrait

Tête-bêche

A ses lèvres d'en bas croquer les âmes imprudentes

Pas le temps de dire ouf

Et chaque fois elle avalait une giclée d'éternité

Au sexe du démon

Des heures encore s'égrenait ce sabbat

Les cornes de la lune glissées

Diadème à son front

Enlacée enroulée

Aux anneaux couverts de plumes

Cycles immémoriaux

Revivait une à une toutes les figures

De la Création

Et jouissait d'enfanter des damnés

Au douzième coup de bronze

Titubant il sortait on le voyait errer dans la rue le froid

Festons de givre accrochés à sa barbe

Et à sa vue les autres s'enfuyaient vol de chapeaux

Basques au vent

Antinoüs aux yeux fous le cœur à verse

Le nouvel inconnu

Parfois le même

Parfois un autre

Un inconnu, vraiment

Mais quelle chance avait cet inconnu

Une

      veine

           d'enfer

Au milieu de la grande salle des fêtes entourée de colonnes doriques trônait Jésabel, éclatante d'une beauté rouge et noire, un chat de Siam sur les genoux ; flanquée du petit gouverneur Choutov, boudiné dans son uniforme d'opérette. Elle tendait une oreille complaisante aux ragots de la Sorokina dont la face ridée, trop maquillée, semblait d'une pomme blette. Cependant les couples d'invités défilaient et s'inclinaient devant elle avant de se répandre aux quatre coins du parquet. A la tribune, l'orchestre du régiment cosaque jouait des airs populaires ; l'aboyeur annonça l'entrée du substitut Nemtski tandis que Sonia tirait sa révérence et que Rodia, courroucé, saluait Choutov, faisant mine d'ignorer la baronne.

Les musiciens firent une pause, tandis que Jésabel relevait Sonia d'un geste de la main ; d'une voix un peu trop amicale elle lui annonça :

- C'est une bien jolie robe que vous m'avez cousue Sophie Semionovna, je vous en remercie infiniment. Votre habileté fait frémir, quand on pense que vous avez habillé en quelques jours toutes mes invitées, et qu'aucune ne ressemble à l'autre ! Et comme tout cela s'accorde bien au caractère de chacune ! Tenez, prenez mon exemple : le noir évoque le regard et le rouge la passion qui m'anime ; ou bien s'agit-il du goût du sang et de la noirceur de mon âme ? Cela tient de la sorcellerie !

Elle renversa la tête en arrière et partit d'un rire de gorge ; puis elle reprit, devant Sonia interloquée :

- Votre connaissance des femmes me paraît bien grande, encore que je me sois laissée dire qu'à Peterbourg vous fréquentiez surtout les messieurs... Mais dites-moi, doit-on vraiment rétribuer vos services? Ne risque t-on pas ainsi de se vendre au diable, comme ont pu le faire vos nombreux maris de la perspective Nevski?...

Le ton de Jésabel devenu glaçant s'était élevé, et le silence s'était insinué autour d'eux comme un poison. Les yeux de Krov jetaient des éclairs qui se noyaient dans le regard profond de Sonia. Celle-ci éprouva une douleur aiguë au ventre, comme un coup de poignard, et tituba, livide. La Sorokina, et d'autres femmes aussi qui s'étaient rapprochées dans un tourbillon de mousseline et de soie, lui murmuraient entre leurs dents, de telle façon qu'elle seule pût l'entendre :

- Catin ! Traînée ! Sorcière ! Hors d'ici, retourne au ruisseau ! Va t'en au diable, avec ton assassin !

Un attroupement s'était formé tout autour ; Voronkov, Loujine, Brakov, d'autres encore leur lançaient des paroles haineuses. Raskolnikov, qui avait enlacé Sonia, se fraya un chemin parmi cette foule hostile où il ne distinguait que des faces de hyènes plissées et déformées, aux crocs luisants. Ils reçurent quelques bourrades et Rodion entendit clairement Brakov lui sussurer :

- Qu'elle crève, ta belle amie ! Et survis-lui longtemps ! Tu verras ce qu'il en coûte de me barrer le chemin !

Il allongea Sonia sur un sofa où quelques dames étrangères au complot s'empressèrent, lui apportant des sels, du thé, de l'eau-de-vie… Balatakov qui passait par là fit mine de ne pas les reconnaître, pâlissant et suant sous le regard de Rodion.

Il entendit encore la baronne, décidément lancée, s'adresser à Nemstki d'une voix doucereuse :

- Quoi, vous êtes encore là, monsieur le substitut? Je vous croyais parti pour Arkhangelsk, votre nouveau poste!… Comment ? Vous ne le saviez pas?… Monsieur le Procureur Impérial vient pourtant de me l'apprendre : vous êtes destitué, mon cher ! Comme ce… comment, déjà ?… Raskolnikov !

Tous les invités étaient arrivés ; Sonia reprit ses esprits, une douleur sourde la taraudait toujours ; et ils quittèrent le palais du gouverneur tandis que la baronne Krov ouvrait le bal par une valse dans les bras vigoureux de Iouri Louguitch, dit « la banane », qu'on venait tout juste de relâcher.

Dans les jours qui suivirent les douleurs de Sonia s'estompèrent ; cependant le docteur Ipatiev restait soucieux, craignant une fausse couche provoquée par l'émotion. Il voulait l'envoyer consulter un éminent spécialiste de ses amis qui officiait à Moscou ; Sonia était assez forte pour supporter le voyage, mais il ne fallait pas trop attendre.

Elle ne voulut pourtant pas l'écouter, de peur d'ajouter un souci à ceux qui assaillaient Rodion. De toute façon, elle se sentait mieux ; et il lui fallait s'occuper de la boutique. De ce côté là en revanche elle avait lieu d'éprouver de sérieuses craintes.

En effet, si le bal avait été un immense succès pour ses robes – toute la province en parlait, jamais on n'avait vu un défilé d'aussi ravissantes toilettes – les finances allaient mal : plusieurs dames lui avaient envoyé dire par leur valet qu'elles ne la paieraient pas, préférant acheter des indulgences plutôt que d'aller rôtir en enfer.

D'autres n'avaient donné aucun signe de vie et leur équipage ne se montrait plus aux abords de l'atelier. D'ailleurs la rue, d'habitude encombrée par les calèches des clientes, était redevenue très calme… Deux ou trois rombières étaient passées et avaient payé en rechignant, rabiotant sur un ruban mal fixé, une fleur perdue, une couture qui avait craqué sous la pression des bourrelets… cependant qu'elles l'examinaient, l'œil affriolé et la langue indiscrète, cherchant à la pousser à des confidences honteuses… Jésabel avait donné le la et la Sorokina s'était empressée de colporter le mot d'ordre : il fallait couler la sorcière, la putain du diable !… Seule madame Niemtski, la femme du substitut, était venue entre deux malles lui verser son dû et compatir à sa peine, solidaire dans le malheur qui les touchait toutes deux.

Après qu'elle eut payé les salaires de ses ouvrières et remboursé tous ses fournisseurs avec exactitude, Sonia s'aperçut qu'il ne restait presque plus d'argent en caisse. Une autre couturière venait de s'établir à deux rues de là et, sur un mot de la baronne qui la jugea « saine, et très au fait de la mode de Paris », la plupart des pratiques firent défaut du jour au lendemain, se précipitant chez la nouvelle qui n'en croyait pas ses yeux.

Il restait encore le loyer à payer, et la banque réclamait d'avance les traites restant à courir pour le mobilier et l'outillage.

Sonia avait confié ses soucis à Dounia dans une lettre qui mit quinze jours à parvenir à Peterbourg ; aussitôt qu'il en prit connaissance, Razoumikhine lui télégraphia : il fallait liquider sans attendre afin d'éviter la faillite et la prison ; donner congé au personnel, résilier le bail, régler les dettes au propriétaire et à la banque, et pour cela vendre au plus offrant les meubles, le matériel et les coupons ! Il adressa un autre télégramme à Sergueï Alexeïevitch Ipatiev, qu'il considérait comme un ami sûr, lui demandant d'apporter une aide discrète à Sonia et d'évaluer le niveau des pertes qu'il resterait à couvrir, puis de l'en informer dès que possible.

Sonia, la mort dans l'âme, suivit ce conseil avisé et régla leur préavis à ses ouvrières, qui la remercièrent en pleurant et en la bénissant ; puis elle s'aboucha avec le commissaire-priseur, qui vint évaluer ce qui pouvait être vendu.

Il n'y en avait pas pour plus de mille roubles ; il expliqua que, même pour des objets presque neufs et en parfait état, on ne pouvait espérer plus du tiers de la valeur dans une vente à l'encan ! Il lui était loisible de rechercher des acheteurs de gré à gré si elle voulait en tirer un peu plus ; mais le temps jouait contre elle, les créanciers étaient pressés !… Déjà elle avait reçu un avertissement de Brakov le banquier qui réclamait deux mille roubles de capital et cinq cents d'intérêts pour la fin du mois ; par contre le propriétaire, un vieux marchand à la retraite qui portait encore la barbe et le caftan, était venu lui dire qu'il lui accorderait trois mois de délai pour les cinq cents roubles en retard, si elle consentait à rejoindre la Vraie Foi… ce qu'elle avait hautement refusé ! Le vieillard avait haussé les épaules et s'était retiré en grommelant et en agitant ses mains tremblantes, visiblement très contrarié.

Sonia se refusait cependant à envisager toute transaction avec sa rivale, qui lui avait déjà pris ses meilleures clientes et s'apprêtait à engager ses ouvrières ; mais un soir, celle-ci étant venue regarder d'un air désolé la devanture dévastée, voyant qu'elle n'avait pas l'air méchante après tout, elle se décida à la faire entrer.

C'était une jeune ukrainienne sans malice au regard franc, visiblement dépassée par les événements. Elles burent le thé ensemble en parlant couture, et Larissa (c'est ainsi qu'elle se nommait) finit par lui demander craintivement s'il était vrai qu'elle avait commerce avec le diable, ajoutant qu'elle le connaissait fort bien, qu'il habitait dans son village en face du forgeron, et qu'il ne lui faisait pas peur avec ses sabots et son haleine de bouc !

Sonia éclata de rire devant une telle naïveté et lui expliqua que le diable habitait surtout dans la tête des gens. Puis à titre d'illustration elle lui raconta toute son histoire, sans rien omettre ; Larissa fondit en larmes et lui tomba dans les bras. Elle lui promit qu'elle ne trahirait jamais leur amitié nouvelle. Pour commencer, elle allait lui ramener ses clientes une par une.

Sonia l'en dissuada : son pain était cuit et il ne lui restait plus qu'à fermer boutique, en lui souhaitant une meilleure chance. De toute façon ils allaient devoir partir : Raskolnikov était rappelé à Peterbourg, Bitbaklouchine venait de le lui signifier officiellement. Sachant qu'elle lui succédait, elle pouvait laisser la place l'esprit tranquille ; elle lui enverrait de là-bas les patrons à la mode, et lui faisait cadeau de ceux qui restaient.

Larissa dont les affaires florissaient depuis quelque temps lui offrit trois mille roubles pour le tout, payables en trois termes ; c'était un juste prix, qui couvrirait ses dettes. Sonia protesta ; Larissa insista, disant qu'elle faisait encore une bonne affaire, puisqu'elle avait déjà engrangé le fonds de commerce sans bourse délier ; et qu'elle se sentirait malhonnête de rester ainsi sur ce qui ressemblait à un vol. Sonia dut s'incliner devant cet argument, et le marché fut conclu d'un trait de plume sur le comptoir désert.

Le lendemain Sonia fit dire à Brakov qu'il serait remboursé intégralement en trois termes, ce que la loi permettait ; le banquier entra dans une fureur noire, demandant à qui voulait l'entendre où cette garce avait trouvé l'argent. Puis il se précipita chez la Sorokina sa maîtresse où il eut la stupeur de découvrir le comte déguisé en soubrette, perruqué de jaune, les joues fardées, les lèvres rouges, une mouche à la pommette ; sous un cotillon brodé il portait un corset débordant de paille et une jupe noire très courte qui remontait jusqu'à la jarretière. Attaché au pied du lit celui-ci fut contraint d'assister à leurs ébats, puis la Sorokina s'habilla en homme avec cravate, bottes et culottes de cheval. Elle retint Brakov à dîner et Voronkov, qui mangeait à l'office, les servit à table ; la maîtresse de maison le cingla une ou deux fois de sa cravache, car il n'allait pas assez vite à son gré.

Le banquier, qui d'habitude la voyait en dehors de la présence du comte, n'osa pas poser de question sur cette étrange mise en scène. Cependant certains ragots lui revinrent, auxquels il n'avait pas prêté attention jusque là, qui couraient sur l'infirmité de Voronkov et la vraie nature de ses relations avec Galena Mikhaïlovna. Au moment du café, après que le comte, très rouge et penaud, fût réapparu démaquillé et en vêtements de ville, les deux hommes s'isolèrent dans le cabinet particulier et eurent une conversation sérieuse qui dura plus de trois quarts d'heure.

Quelques jours plus tard Portnoï et sa bande, surexcités, firent irruption dans l'atelier de couture. Ils étaient coutumiers du fait : on les avait déjà vus ainsi à la mission, au bureau des contributions ou encore à la mairie, venir perturber des réunions ou des cérémonies officielles. Ils investissaient les lieux, intimidant tout le monde par leurs cris et leurs tenues débraillées, puis Portnoï prenait la parole, tenant des discours décousus, exposant des revendications impossibles devant les publicistes convoqués pour la circonstance. Ses camarades l'acclamaient, repliaient les banderoles en un tournemain, et ils repartaient aussi vite qu'ils étaient venus, laissant les assistants abasourdis.

Sonia était avec son apprentie, qui l'aidait à terminer l'inventaire et à emballer les derniers coupons. Une trentaine d'individus des deux sexes, puant l'alcool, mal vêtus, crasseux, se ruèrent à l'intérieur et refoulèrent les deux femmes vers le fond de la boutique.

Portnoï se jucha sur le comptoir et harangua sa troupe :

- Eh oui, mes amis !

Nous voici dans ce temple de la bourgeoisie triomphante, cette vitrine du luxe où les nobles dames, les femmes des propriétaires et des fabricants qui nous exploitent et nous écrasent de leur mépris, viennent dilapider l'argent qu'on nous vole ! C'est ici qu'elles se vautrent dans la soie et le velours ! Pour mieux se pavaner dans les fêtes et dans les bals, aux soupers fins où elles se roulent comme des truies dans le vice et la débauche !...

Une poissarde bien en chair prit la parole, l'œil allumé :

- Et pendant ce temps-là nos gosses crèvent de faim ! On n'a que du pain noir à leur donner, de la soupe de gruau et de la viande, une fois le mois peut-être !... Et elles, elles se gavent d'huîtres et de chevreau et se soûlent au champagne, avec leurs milords qui les tripotent ! Quand les bourgeoises rient du cul, nous autres les prolétaires nous claquons des dents et mâchons des écorces de bouleau ! Est-ce que j'ai l'air, moi, de prendre du bon temps ?...

Ce disant elle fouillait sans vergogne dans les tiroirs et brusquement elle se redressa, brandissant comme un trophée une culotte de dentelles sous les exclamations des autres, qui n'osaient pas encore donner libre cours à leur curiosité. Puis elle retroussa ses jupes de drap grossier et l'enfila prestement, avec des roulements de hanche suggestifs qui suscitèrent des plaisanteries grivoises. Les autres femmes se précipitèrent et firent main basse sur la lingerie. Il y eut une échauffourée confuse, des claques et des cris perçants retentirent, des poignées de cheveux volèrent.

La mégère reprit :

- Tout doux, les filles, du calme ! Il y en a pour tout le monde ! On va montrer à nos hommes que nous aussi, on sait faire la fête ! Joue-nous donc quelque chose de gai, Sacha !

Puis elle monta sur le comptoir avec deux femmes en cheveux et elles se lancèrent dans un galop endiablé ; cependant Sacha, un jeune blondinet à la mine ahurie, laissait courir ses doigts agiles sur son petit accordéon dont il tira une danse tsigane de fort bon aloi. Une bouteille d'eau-de-vie fit son apparition et circula rapidement parmi les hommes assis par terre qui béaient devant les postérieurs fanfreluchés de ces dames ; celles-ci à chaque tour qu'elles faisaient prenaient la pose un instant avec complaisance, troussant leurs jupons sur leurs cuisses grasses avant de sauter à nouveau, levant bien haut la jambe avec une folle gaîté.

Sous le poids des danseuses le comptoir craquait sinistrement et on le voyait s'incurver un peu plus à chaque tressautement. Finalement il se brisa en son milieu et s'effondra d'un coup, envoyant bouler les trois femmes qui hurlèrent de peur.

Ce fut comme un signal. Les hommes, jusque là plutôt calmes, bondirent sur leurs pieds et tous se ruèrent sur les placards et les tiroirs ; on vida tout sur le plancher, les coupons furent déroulés, piétinés, lacérés. Un gros rougeaud à moustaches se jeta sur la poissarde qui riait comme une perdue, arracha ses vêtements et lui fit un sort au beau milieu de la pièce, sous les quolibets.

Sonia consternée cherchait à éloigner l'apprentie qui ouvrait des yeux ronds, et l'entraîna dans l'arrière-boutique noire et froide. Mais Portnoï qui surveillait la mêlée les rattrapa et vint se planter devant Sonia, presque à la toucher. Il lui souffla, de son haleine alcoolisée :

- Eh toi la putain, ce spectacle te dégoûterait-il ? Serais-tu devenue si délicate, à trop fréquenter les grands ducs ? Aurais-tu si vite oublié tes anciennes manières ?… Tu pourrais peut-être t'en souvenir un peu pour moi ? Tu apprendrais enfin quelque chose d'utile à la demoiselle, elle ne demande que ça !

En crachant ces derniers mots sur un ton égrillard il désigna du menton l'apprentie toute tremblante, qui s'agrippait à Sonia en tentant de se cacher derrière son dos.

Malgré la vrille dans son ventre qui la transperçait à nouveau elle redressa la tête, et le regard de feu dans ce visage devenu blême le dégrisa d'un coup. Il recula en chancelant. D'une voix méconnaissable elle l'apostropha :

- Bas les pattes, espèce d'ivrogne ! Ne t'avise pas d'approcher et laisse-nous tranquilles ! Tu as détruit ma boutique, c'est bien ce que tu voulais, non ?

Devant sa fureur il ouvrit la bouche et tomba assis dans un coin, l'air stupide. Elle reprit avec véhémence :

- Alors c'est cela ?... Le voilà, l'homme courageux, le meneur de foules !... Il s'attaque à deux femmes sans défense et mène sa bande au pillage !

Ses éclats de voix avaient couvert le vacarme, quelques têtes s'étaient levées ; petit à petit ils abandonnèrent leur saccage et s'assemblèrent silencieux autour de la porte de l'arrière-boutique, attentifs ; ceux qui étaient au fond tendaient le cou pour mieux entendre ses paroles de foudre.

- Mais qui crois-tu que nous soyons ?... Est-ce ainsi, en détruisant ce que nous avons bâti de nos mains et qui nous fait vivre, que tu prétends défendre le peuple ?... Tu t'imagines sans doute que l'orgie des malheureux est plus respectable que celle des bourgeois ?... Tu comptes vraiment leur faire gober ça ?... Tu n'y crois pas toi-même !...

Que cherches-tu, au fond ? A te venger ? Mais de quoi, de qui ?... De tes maîtres qui t'ont crevé le train pendant tant d'années dans leurs usines, mais qui te font tout de même vivre ?... De ceux de tes compagnons d'infortune qui sont partis tenter leur chance et qui ont réussi à trouver un chemin à force de sacrifices, sans manger tous les jours ?... Ou de ceux qui ont tout loupé, tout perdu, qu'on a jetés dehors parce qu'ils étaient de trop, trop faibles, si nombreux aujourd'hui autour de toi qu'ils te font horreur !

Mais as-tu seulement essayé de les comprendre ?... Et sais-tu pourquoi ils te font si peur ?... Tout simplement parce qu'ils te ressemblent, ce sont tes frères, ils t'attendent sur la grand-route de la déchéance, tu le sais et tu les méprises, et tu les utilises pour mieux te venger du poids qu'ils font peser sur ton cœur !... Alors tu leur fais miroiter des miracles auxquels tu ne crois pas et tu les envoies à l'assaut de cette société que tu refuses parce qu'elle ne t'accepte pas assez !... Mais toi tu es dedans et eux, ils sont dehors ! Comment peux-tu laisser tes frères dans la nuit et le froid, et tout à la fois les jeter contre les murs de la ville dont tu rêves d'être le maître ?... Crois-tu commander aux vagues de l'océan ? Et toi, dis-le donc si tu l'oses, dis-moi, qui est ton maître ?...

Terrassé par cet assaut, Portnoï sans répondre se releva avec difficulté et se dirigea tête basse vers la sortie. Les visages silencieux et graves défilèrent un à un devant Sonia comme pour lui rendre hommage, et elle soutint leurs regards avec compassion. Un casque de douleur lui recouvrait le crâne, mais elle souriait faiblement, les lèvres blanches ; l'apprentie sanglotait entre ses bras. Tout était devenu gris et flou, Sonia ne voyait plus que ces yeux qui passaient comme des sulfures sur le papier jauni. Ils partirent tous sans rien emporter, Sacha le dernier qui jouait doucement « le temps du muguet » d'un air hébété. Au dehors ils se regroupèrent, murmurant déjà contre leur chef, mais celui-ci demeura introuvable.

IX

LA MORT DE SONIA

Il n'y avait plus grand-chose à tirer de la boutique dévastée. Heureusement rien n'avait été volé, et une partie du matériel et des tissus était encore utilisable. On pouvait estimer le tout à huit cent roubles ; Larissa par amitié en paya mille cinq cents, malgré les protestations véhémentes de Sonia.
Cependant Sergueï Alexeïevitch s'était dépensé sans compter ; il avait été plaider auprès du propriétaire, un vieil

ami de son père qui avait accepté en souvenir de celui-ci d'éponger la dette des loyers, tout en regrettant qu'un personne aussi pieuse que Sonia se refuse à embrasser la Vraie Foi.

Brakov au contraire resta intraitable ; il exigeait toujours le versement des deux mille cinq cents roubles pour la fin du mois en monnaie sonnante et trébuchante, faute de quoi il ferait exécuter la contrainte par corps sur la personne de Sonia en sa qualité d'unique débitrice.

Cette intransigeance ne surprit nullement Sergueï Alexeïevitch ; Brakov ne l'aimait guère, lui le médecin des pauvres aux idées sincères et généreuses, dont la popularité lui portait ombrage.

Le banquier qui professait un progressisme de bon aloi clamait dans les réunions secrètes du cercle social révolutionnaire qu'il était d'absolue nécessité de placer toutes les richesses en commun pour le bénéfice du plus grand nombre. Malgré ces déclarations enflammées il était détesté par un grand nombre d'ouvriers ; ceux qui l'avaient approché pour lui réclamer naïvement un avancement d'hoirie racontaient qu'ils avaient été proprement éconduits par un valet de chambre en livrée et gants blancs dont le catéchisme révolutionnaire se résumait à deux articles : le fouet et le bâton !

Et pourtant pour Brakov le grand partage avait bel et bien commencé : il tenait la caisse du parti clandestin pour le district et y puisait largement pour ses dépenses personnelles, tant il est vrai que du bon entretien de sa personne dépendait le sort futur de la grande Révolution, apocalypse de rêve qui berçait le sommeil agité des crève-la-faim. Son appartenance officielle à la mouvance libérale avait des visées purement électoralistes, mais pouvait aussi servir utilement de paratonnerre en cas d'échec du grand mouvement qui se préparait.

Bien entendu les membres du comité secret, Brakov en tête, étaient tout sauf de doux rêveurs. Si le partage intégral était l'objectif affiché, la fin dernière qui devait inaugurer le règne éternel et paisible de l'Homme Nouveau dans une société sans classes, la nécessité historique commandait dans un premier temps de consolider les conquêtes révolutionnaires ; il s'agirait pendant cette phase transitoire de démonter pierre par pierre les forteresses de la bourgeoisie, y compris et surtout dans les esprits, contaminés par des millénaires de pensée réactionnaire. Nul n'en pouvait prédire la durée, mais il faudrait accorder une confiance absolue aux dirigeants du peuple dans la gestion éclairée de ses intérêts supérieurs, et Brakov, banquier progressiste, se trouvait naturellement désigné pour en être le trésorier jaloux.

Il importait pour l'heure d'aller chercher l'argent là où il se trouvait, dans la poche de l'Etat bourgeois, et de le thésauriser en vue de l'effort révolutionnaire ; il fallait résister sans état d'âme à la tentation pourtant si généreuse d'une redistribution immédiate. Encore un petit effort camarades et vous serez récompensés, dans l'au-delà du Grand Soir qui pointe déjà à l'horizon du siècle !...

Il n'y avait donc rien à attendre de Brakov et de ses séides, qui considéraient Rodia et Sonia comme des individualistes petit-bourgeois traîtres à la cause du peuple et définitivement rangés, depuis l'article de presse, parmi les ennemis de classe qu'il faudrait abattre aussitôt que possible.

L'occasion était là, pourquoi la refuser ?...

Cependant Ipatiev ne fut pas long à réunir les mille roubles qui faisaient défaut. Razoumikhine lui en avait adressé cinq cents par mandat télégraphique, le reste fut avancé par quelques amis sûrs. Lui-même puisa dans ses maigres réserves pour couvrir deux cent cinquante roubles d'imprévus : la remise en état des murs de la boutique, les frais d'acte, la mainlevée des garanties.

Il fut convenu que Sonia rembourserait ses dettes à son rythme, sur plusieurs années s'il le fallait. Rien ne pressait en effet, l'essentiel était de sortir ses amis d'un mauvais pas. Ipatiev lui remit encore cinq cents roubles, produit d'une collecte auprès de ceux qui refusaient l'ordre moral hypocrite instauré par la baronne, ainsi qu'une lettre de recommandation auprès du professeur Weinberg, éminent chef de service d'obstétrique à l'institut de Moscou.

Durant tout le voyage Rodia et Sonia échafaudèrent des projets d'avenir : il fallait d'abord trouver un prénom au bébé qui naîtrait à l'automne et lui prévoir un trousseau. Rodion espérait obtenir facilement un poste à Peterbourg tant la situation dans les usines était préoccupante près de la capitale. Ils habiteraient un grand appartement au bord de la Néva, sur l'île Ostrovski. Plus tard, ils voyageraient : Sonia brûlait de voir l'exposition universelle de Roubaix, capitale du textile le plus élégant ; et aussi Londres, Manchester et bien sûr Paris. Lui rêvait de Raguse et de Constantinople, de felouques et de pyramides, elle voguait déjà de pavillon en manufacture sur les canaux de la Venise ouvrière…

Leurs conversations duraient des heures sur un ton enjoué, ouvrant les portes du rêve ; puis ils s'abîmaient chacun dans leurs pensées, avalés par l'immensité qui les enveloppait d'un linceul monotone.

Cependant les malaises avaient repris Sonia : une barre douloureuse lui brûlait le front et enserrait son crâne ; des essaims bourdonnaient à ses oreilles, des mouches passaient en zigzags devant ses yeux fatigués, allumant des étoiles brillantes qui s'éteignaient bientôt tandis qu'elle se sentait attirée dans un trou sans fond sans pouvoir résister…

Et puis elle revenait en sueur, avec une boule au creux de l'estomac. Elle revoyait sans cesse les événements des derniers jours, le rire dur de la baronne, le regard de clown lubrique de

Portnoï, les larmes de ses couturières, la détresse de la petite apprentie… Comment tout cela était-il possible ? Comment pouvait-on jeter ainsi les humbles à la rue sans l'ombre d'un remords, tout en festoyant à la lueur des flambeaux ?… Pourquoi cette femme était-elle aussi méchante ? Et les souffrances de Rodion depuis tant d'années, toutes ces épreuves qu'elle avait cru oubliées, effacées par leur bonheur fugace à Iekaterinbourg… Cela faisait des années maintenant qu'il n'avait plus fait de crise et Ipatiev avait confié à Sonia qu'une rémission durable était possible, bien qu'à la merci d'un choc affectif… Elle tremblait à l'idée d'une rechute après le coup de sa destitution ; et sa mélancolie actuelle l'inquiétait au plus haut point. Aussi, pour ne pas le tourmenter inutilement faisait-elle de son mieux pour masquer ses douleurs et son angoisse grandissante.

Elle dialoguait en secret avec la petite âme qui palpitait là, tapie au tréfonds de son corps.

Cet enfant si longtemps désiré dont elle ne doutait pas qu'il fût un fils, un vrai fils, ce bonheur incarné n'arrivait-il pas trop tard, après un tel chemin de souffrances ?… Pourrait-il les sauver, les élever enfin au-dessus de ce pandémonium ? … Des ombres menaçantes planaient et les accompagnaient, à chaque tour de roue elles grimaçaient et se tordaient autour d'eux ; elle y reconnaissait les Voronkov, les Brakov et autres Jésabel. Et menant la danse macabre il y avait Alena Ivanovna, l'usurière assassinée, qui exigeait le sang de l'agneau en échange du sien que Rodion avait versé…

- On t'appellera Evgueni le bien-né , toi qui nous délivreras de ces spectres… N'est-ce pas mon petit cœur, ce nom te convient-il ?… Tu seras là bientôt entre nous, et ton premier cri en ce monde de douleur sera pour nous comme une caresse d'épines qui nous écorchera l'âme pour l'éveiller à une vie nouvelle…

Je te dois cette vie, tu accomplis la mienne. Je comprends maintenant pourquoi je suis venue : j'avais pour mission de porter une âme et c'est ainsi que je vais enfin renaître, échapper à la souillure originelle.

Tu seras moi et je vivrai en toi ; tu seras Rodetchka et son âme que je n'ai pas su guérir, un seul de tes sourires y parviendra sans peine.

Comme tu seras fort contre tous nos démons ! Viens Evguéni, viens vite et dissipe ce brouillard qui nous environne, chasse ces monstres, apporte-nous la paix qui nous fait tant défaut, viens nous réconforter !

C'est la nuit et j'ai froid, il fait noir et j'ai peur, moi qui jamais n'ai douté, je me sens toute abandonnée… Qu'ai-je fait, qu'avons-nous fait pour mériter cela ?… Et malgré tout je crois encore, ta venue est un signe, tu es comme une alliance entre le Ciel et la Terre, entre le rêve et la réalité… Mais pourquoi ai-je si mal ?… Evguéni, comme j'ai mal !… Ce sont les autres là, ils me tourmentent et agitent leurs piques, ils vrillent leurs regards dans mon ventre, c'est pour te tuer, mon Dieu, c'est pour te tuer !… C'est toi qu'ils veulent maintenant, nous ne leur suffisons plus, ils ont compris pourquoi tu venais, ils vont te dépecer !…

Sonia, en nage, saignant du nez, roula sur la banquette, épuisée, et s'endormit brûlante de fièvre. Rodion inquiet lui soutenait la tête et lui rafraîchissait les tempes avec une serviette humide.

En arrivant à Moscou il la fit tout de suite conduire chez le professeur Weinberg qui accepta de les recevoir entre deux rendez-vous, compte-tenu de son état et du mot de recommandation du docteur Ipatiev.

Il lui palpa le ventre, lui examina attentivement les bras et le visage, décelant de petites bouffissures qui n'étaient visibles que sous une lumière rasante obtenue grâce à une sorte de flambeau articulé. Il lui fit avaler une décoction amère de quinquina et d'herbes qui fit tomber la fièvre en un quart d'heure. Après avoir écouté le récit de ses vertiges et de ses maux de tête il la pria de se retirer aux lavabos et d'y remplir un flacon spécial qu'il lui tendit.

Resté seul avec Rodia, il lui confia qu'il craignait quelque chose de grave comme une crise d'éclampsie. Dans l'état où elle se trouvait, il fallait redoubler de prudence : il devrait lui-même la suivre jusqu'à l'accouchement et probablement encore quelque temps après. Il leur faudrait donc renoncer à Peterbourg pour quelques mois et s'installer ici afin de lui garantir un repos complet et une surveillance de tous les instants.

Lorsque Sonia revint il scruta le liquide, très sombre et peu abondant.

Puis il le transvasa dans une éprouvette qu'il plaça sur la flamme d'un bec de gaz tout en l'agitant doucement. Au bout de dix ou quinze secondes des flocons blanchâtres apparurent qui se disséminèrent dans tout le tube, emprisonnant un jus noirâtre, cependant qu'une odeur fétide envahissait le cabinet.

Il regarda Rodion d'un air grave et déclara :

- Ach, ché confirme cé qué ché fous ai dit tout à l'heure. Fotre femme doit obserfer sur l'heure une repos complet au lit ; il faut impératifement lui éfiter doude fatigue, et la préserfer dé tout risque dé réfroidissement. Ché prescris une restriction hydrique, une réchime lacté absolu et des burgations rébédées. Ché passerai tous les chours bour bratiquer une saignée ; dans l'attente, elle defra prendre drois fois par chour une brébaration de belladone, pour soulacher lé flux artériel. Une infirmière fiendra tous les badins lui poser les fentouses et lui administrer une laffement d'hydrate dé chloral.

Zi malgré ce traitement des confulsions surfenaient, abelez-moi sur l'heure, et zurtout glissez-lui sans attendre une linge entre les dents pour éfiter qu'elle se goube la langue.

Apprenant qu'ils cherchaient un hôtel, il leur conseilla plutôt d'aller voir de sa part le concierge d'un immeuble de la rue Sadovaïa toute proche, dont il venait d'accoucher la compagne. Il y avait quelques beaux appartements disponibles à des prix très modiques, et il ne voyait que des avantages à ce qu'ils y logeassent.

En sortant de la consultation ils se rendirent aussitôt à cette adresse. Le fiacre s'arrêta devant le numéro 302 bis ; ils s'adressèrent au portier, un homme déjà âgé en casquette, qui partit chercher un trousseau de clés dans une guérite, sous le porche. Ils traversèrent la cour et montèrent cinq étages. Lorsque le concierge ouvrit la porte un énorme chat noir se rua dehors en miaulant et faillit renverser Sonia qui reprenait son souffle en tenant la rampe.

Le logement était vaste et ensoleillé ; des fenêtres de derrière l'on pouvait apercevoir le sommet des arbres de l'étang des Patriarches, et le portier leur apprit avec fierté que le théâtre des Variétés se trouvait tout proche. Cependant il régnait une odeur curieuse, mélange de soufre et de moisissure, et une sorte d'oppression se dégageait des murs. Sonia et Rodia échangèrent un regard significatif au pied de l'escalier monumental qui menait au salon de réception, dont les boules de cristal jetaient un éclat sinistre.

Sur le palier Rodion annonça au gardien que l'appartement ne leur convenait pas. Celui-ci s'exclama :

- Comment, à vous non plus ? Mais on n'a même pas encore parlé du loyer ! Vous savez, on peut baisser ! J'ai l'accord du propriétaire !... Oh, je m'en doutais un peu ; ils disent tous cela ! Je ne sais pas ce qui se passe avec cet appartement ; on dirait qu'il est maudit !... Malheureusement je n'ai rien d'autre à vous proposer dans l'immeuble, tout le reste se loue très bien ! Réfléchissez quand même ; vous savez, c'est difficile de se loger à Moscou, et cet appartement, c'est un coup d'enfer ! En attendant si vous voulez chercher ailleurs, adressez-vous au cocher ; ils ont souvent de bons renseignements mais vous verrez, ce ne sera jamais aussi beau qu'ici ! »

Le fiacre les mena en effet chez sa vieille tante Anastasia qui louait le rez-de-chaussée de sa petite maison du faubourg des tisserands ; trop âgée pour s'en occuper encore, elle-même s'était retirée dans une chambre à l'étage supérieur.

L'endroit, bien que moins central, leur plut immédiatement. La maisonnette, dotée d'un potager à l'arrière, ouvrait sur une place de village animée au cachet indéfinissable qui leur rappelait les jours heureux d'Iekaterinbourg. Dans le froid insidieux de novembre la cheminée du poêle fumait, ajoutant son panache aux nuages qui plombaient le ciel.

Ils firent décharger leur maigre bagage : une malle, une valise en carton entourée de ficelle et l'inséparable *carryall*[13] fatigué de Sonia. Puis Rodion, lui glissant un bon pourboire, chargea le cocher d'aller informer le professeur Weinberg de leur nouvelle adresse.

Dans les jours qui suivirent l'état de Sonia sembla s'améliorer. Macha l'infirmière passait trois fois par jour pour les soins. Rodia avait obtenu de Peterbourg son détachement à Moscou pour huit mois sur un poste d'instituteur remplaçant.

Le terme de la grossesse approchant il avait passé commande au menuisier du bourg, qui était venu livrer un berceau suspendu en bois de hêtre.

Pour occuper ses soirées tandis que Sonia s'enfonçait dans une douce somnolence, il avait entrepris de lire les papiers de famille qu'elle traînait partout dans sa boîte à biscuits. Il avait retrouvé là toute une odeur de passé oublié, souriant et douloureux ; des lettres et des poèmes de Dmitri Karamazov, d'autres de sa mère, ou encore de Marthe Petrovna ; il y avait même, glissé dans l'un des cahiers du journal de Catherine Ivanovna, sur quelques feuillets d'une écriture rageuse, une sorte de confession intime d'Ivan Fiodorovitch.

Les secrets et les blessures anciennes saignaient à nouveau et le bouleversaient ; une génération d'amours, de misère et de

---
[13] En anglais dans le texte

larmes se trouvait là, soigneusement ficelée dans des faveurs roses et jaunes à la couleur fanée, destins croisés, enfuis, inachevés, comme le sien sans doute et celui de Sonia et tant d'autres encore, fils de trame chaînés à la toile du temps, tissés serrés les uns contre les autres comme une nichée de moineaux, comme les lettres des mots et les mots des phrases sans fin d'un immense roman, fleuve au lit chargé de galets qui roulent et s'entrechoquent jusqu'à l'océan de la plénitude.

C'est sans doute cette dernière réflexion qui l'amena à prendre la plume : il voulait que tout cela ne fût pas vain et que l'enfant à naître pût connaître tout ce qui l'avait précédé, les peines et les joies, les chants d'amour et les imprécations, les révoltes et les remords, les crimes et les châtiments, et puis quoi d'autre encore au bout de tout cela ? Le pardon et l'oubli, la rédemption ? Si seulement !... A travers cet enfant et l'espoir qu'il portait, c'est au monde entier qu'il voulait s'adresser et transmettre son message, sans savoir au juste pourquoi. Mais il percevait cela comme une nécessité : il fallait que tout soit dit, que rien ne fût omis, et ainsi ce serait bien. Il portait cela en lui depuis si longtemps, comme Sonia son enfant, pourquoi porte t-on des enfants ?... Est-il vraiment important de le savoir ?...

De la même manière il était gros de son roman, et maintenant celui-ci était mûr comme un fruit de l'été ; son cœur et son esprit lui commandaient de s'en décharger ici et maintenant :

faute de quoi la folie l'emporterait à moins que ce ne soit le remords d'un crime, plus grand encore que le meurtre des deux femmes.

Il n'en eut cependant pas le loisir : alors qu'il avait rédigé une première série de notes et une ébauche de plan, l'état de Sonia empira brusquement. On était à la veille de Noël.

Le soir précédent Rodion avait travaillé tard et s'était endormi sur la table, épuisé ; comme il avait oublié de remettre du charbon, dans la nuit le feu s'était éteint. Le froid aux griffes de velours s'était alors glissé dans la maisonnette et sous les draps des femmes endormies comme un amant aux lèvres de gel, au grand frisson de rêve.

Au matin, alors qu'Anastasia couverte de châles s'agitait en tous sens pour ranimer le foyer, Sonia avait été prise de violentes douleurs à la tête et au ventre. Des vomissements incoercibles étaient survenus après le petit déjeûner ; et bien après qu'elle eût tout rendu son estomac pris de spasmes se nouait encore comme une pierre, rejetant une pituite d'abord blanchâtre, puis sanguinolente.

En fin de matinée, alors que son ventre commençait à se calmer, elle fut prise d'angoisse. Evguéni ne bougeait plus, ne lui répondait plus. Alors que depuis des mois elle le sentait vivre au creux d'elle-même, lui parlant et le berçant quand il s'agitait trop, tout d'un coup il lui semblait avoir disparu. Un froid intense se mit à l'envahir de l'intérieur en lieu et place de la bonne chaleur qui rayonnait de sa matrice. Elle fut prise d'une crise de larmes.

- Rodia, mon Rodetchka, il vient de survenir un malheur immense : notre Evgueni est mort, je le sais, je le sens !... C'est de ma faute, comme je suis malheureuse ! C'est Dieu qui m'a punie pour tout ce que j'ai fait, je n'étais pas digne de porter ton enfant !

Rodetchka, Rodetchka, pardonne-moi, pardonne-moi vite ! Car moi aussi je vais partir, je vais te quitter, je l'ai vu en rêve ! ... Catherine Ivanovna est venue cette nuit, il faisait si froid, elle m'a dit de me préparer ; j'allais lui demander à quoi quand elle m'a pris mon enfant et s'est enfuie avec ; alors je me suis levée et je l'ai poursuivie, et nous sommes montées... J'ai voulu me retourner, prise de peur, et j'ai vu mon corps, là, en bas, qui ne respirait plus ! Mais elle montait toujours avec mon bébé dans les bras, tu comprends, me pardonneras-tu ?... Alors je l'ai suivie encore, et la corde s'est brisée !

Maintenant va faire chercher un prêtre, car il faut que je me confesse. Mais pourquoi la vie est-elle si injuste ?... Oh, Rodia, Rodetchka, Evgueni !...

Une douleur brutale lui transperça le flanc, elle se mit à hurler, puis se mordit les lèvres jusqu'au sang. Des vertiges la prirent.

Rodion avait envoyé la vieille logeuse chercher le médecin dès le début de cette crise ; elle revint tout essoufflée disant qu'on le cherchait à l'hôpital mais qu'il était parti avec Macha pour un accouchement, personne ne savait où ; on le préviendrait dès son retour. Puis elle repartit en courant vers le presbytère.

Dans l'après-midi quand le prêtre arriva Sonia n'entendait plus rien ; elle chuchota longuement à son oreille tandis qu'il hochait la tête d'un air grave. Puis il se mit à psalmodier une litanie ; elle dut lire sur ses lèvres pour faire les répons. Elle réclama les icônes et les baisa. Rodion, effondré à ses pieds, répétait sans cesse :

- Sonia, Sonetchka, tu ne vas pas mourir ! Non, ce n'est pas possible ! Ma Sonetchka je t'aime, nous avons encore tant de choses à bâtir ensemble ! Reste, je t'en supplie, reste avec moi !

Le prêtre lui-même était bouleversé.

Pâle et résignée, elle tourna vers lui son beau visage et l'enveloppa de ses yeux immenses.

- Rodetchka il est bien tard, je vais partir, je le sais maintenant. Ma mission se termine ici ; je te demande pardon et aussi à tous ceux que je laisse pour la peine que je vous inflige, et pour toutes mes fautes.

Dieu n'a pas voulu que je donne la vie ; je n'avais pas assez de force sans doute pour porter une âme nouvelle.

Mais j'ai porté la tienne, Rodion, et j'ai fait ce que j'ai pu ; je devais te sauver, c'était cela, je le comprends maintenant…

Rodetchka, mon Rodetchka, je n'ai rien à exiger de toi, je dois laisser tout ce que j'avais, tout ce que j'aimais, je dois aller nue comme je suis venue. Mais j'ai une prière à te faire : sauve-toi ! Maintenant ! Fais pénitence ! tu devras vivre, et témoigner… Les temps sont proches, sauve-toi Rodetchka, fais-le pour moi ! Bientôt nous serons réunis, et je resterai toujours à tes côtés…

Rodia, agenouillé, lui prit les mains et les baisa ; il jura de se repentir et se prosterna devant elle, demandant pardon pour ses crimes et toutes ses offenses. Souriante elle effleura du bout de ses doigts diaphanes la petite croix qu'il portait au cou, la croix d'Elisabeth, celle-là même qu'elle lui avait donnée il y a si longtemps.

D'une voix douce elle murmura :

- Pour moi je te pardonne du fond du cœur ; je ne sais pas ce qu'en pense le Christ mais je suis certaine qu'Il t'entend lui aussi. N'oublie jamais qu'Il est vivant et qu'Il nous aime… »

Un nouvel accès de douleur la fit se tordre, puis son visage se convulsa. Ses yeux roulaient en tous sens. Ses mâchoires se contractèrent, faisant grincer ses dents.

Rodion se précipita pour lui glisser un linge dans la bouche puis il cria à la logeuse de retourner chercher le professeur Weinberg. Sonia, la tête renversée en arrière, s'était toute révulsée, son dos contracturé formant voûte au-dessus du lit, la face bleue, bouche écumante, les mains crispées, crochées au drap.

Terrifié par ce spectacle le prêtre bâcla sa bénédiction puis bredouilla qu'il était attendu à l'église, avant de s'enfuir, son calice sous le bras.

Le soir tombait doucement et les cloches sonnaient dans les rues tandis qu'une neige fine descendait sur la ville.

Le corps de Sonia retomba brutalement sur le matelas et ses membres se mirent à s'agiter en tous sens ; d'horribles grimaces zébrèrent son visage, déformant cruellement ses traits angéliques. Sa respiration sifflante se calma peu à peu, son agitation diminua puis cessa tout à fait.

Quand le docteur Weinberg arriva accompagné de Macha en blouse blanche, il considéra le corps allongé de Sonia couvert de bleus, son teint verdâtre ; il lui prit le pouls, lui tâta le front, releva ses paupières, découvrant des taches sombres dans le blanc des yeux.

Après avoir pratiqué une injection de morphine il écouta gravement le récit des dernières heures puis déclara à Rodion qu'il ne pouvait plus rien pour elle, mais qu'il était peut-être temps encore de sauver l'enfant.

Soudain un mouvement inattendu se fit sous les couvertures ; le visage de Sonia se remit à grimacer cependant que des vagues profondes, comme une houle de chair, agitaient le bas de son corps dans un rythme qui s'accélérait. Elle avait replié les jambes, prenant appui de chaque côté sur les barres du sommier, soulevant le ventre en une offrande désespérée à la vie. Tous restaient pétrifiés par ce spectacle hallucinant.

A ce moment le drap glissa et une tête aux yeux fermés apparut.

Avec une stupeur froide, au-delà de toute émotion, Rodion reconnut le visage de Micha son frère oublié.

Au même instant les mouvements cessèrent. Le corps de Sonia se raidit puis se détendit une dernière fois ; sa tête roula sur l'oreiller et elle s'abandonna mollement, vaincue. Un pâle sourire était venu éclairer son visage qui s'était recoloré ; ses cheveux étalés en couronne formaient un halo d'or. Sonia enfin apaisée eut un regard embué de larmes et de compassion pour Rodia qui sanglotait à son côté ; ses yeux se fermèrent sur un éclat d'infini et elle sombra dans les abysses du sommeil sans retour.

Rompant brusquement le silence, les cloches se mirent à sonner à toute volée au-dessus de la place tandis que le médecin et la sage-femme se précipitaient pour recueillir l'enfant mort, d'une maigreur effrayante.

Hébété par la douleur, Raskolnikov restait là, prostré aux pieds de Sonia, ne comprenant plus rien, les oreilles bourdonnantes, le regard perdu.

Il se saisit du petit corps sanguinolent, l'embrassa, le plaça sur Sonia, embrassa Sonia. Ainsi couchée avec l'enfant dans les bras, elle ressemblait à une vierge endormie.

Sur le point de défaillir dans l'atmosphère irrespirable de la chambre, la logeuse ouvrit la fenêtre. On entendit alors le cantique éclatant de la foule :

« Quelle merveilleuse nouvelle,

à Bethléem en cette veille :

en ce jour est né,

le Fils incréé,

selon les Prophètes ! ... »

Pris d'une impulsion subite Rodion se leva hagard et se précipita, repoussant au passage la vieille Anastasia ; elle tomba à genoux et se signa frénétiquement, marmottant toutes les prières qu'elle savait.

Il apparut à la fenêtre et, levant les bras en un geste désespéré, interpella d'un cri le prêtre qui menait la procession.

- Tu sais bien qu'Il est mort !

L'apercevant ainsi tout en noir, le visage et les mains rouges de sang dans la lumière tremblotante des bougies, entouré des faces blêmes du médecin et de l'infirmière, les fidèles eurent un frémissement d'horreur et se débandèrent en un clin d'œil. Il n'y avait plus là qu'une poupée de porcelaine qui gisait désarticulée au milieu de la blancheur ponctuée de traces, cicatrices vite recouvertes d'oubli ; le prêtre, saisissant d'un regard le drame qui venait de se dérouler, ouvrit les bras, laissant tomber sa grande croix émaillée.

Rodion enjambant le rebord fit quelques pas et s'affala contre lui puis tomba sur le sol, la face dans la neige épaisse qui fondait et rougissait autour de sa bouche. Le silence était retombé comme une draperie ; seuls les meuglements d'une étable voisine venaient le déchirer parfois, insupportables.

Ils restèrent là un temps infini sans parler, pleurant des larmes de honte qui se mêlaient aux flocons virevoltants.

X

PLACE DES TROIS GARES

Pendant toutes ces années Raskolnikov avait cessé d'exister. Après être rentré à Peterbourg régler quelques affaires, il avait obtenu une maigre pension de l'Etat et pris congé de sa sœur et des siens. Ensuite, il était parti sur les chemins, allant de ville en ville, son baluchon sur le dos, errant parmi les errants.

Comme par l'effet d'une malédiction nul ne voulait écouter son histoire ; chacun suivait sa route et ses propres soucis. Le cœur empli de douleur Rodion tel Alexandre[14] parcourut la Russie immense, d'Arkhangelsk à Samarkhande et de Kiev à Vladivostok, cherchant un introuvable apaisement. Il avait même suivi pendant toute une année une tribu kirghize dans la steppe qui s'étend au pied de l'Oural, adoptant la vie pastorale de ces hommes rudes, se faisant accepter comme un des leurs. Les hasards de la transhumance l'avaient mené à camper toute une saison au pied de la forteresse d'Omsk, de l'autre côté du fleuve. Mais il avait dû les quitter malgré leur amitié discrète et précieuse, car il se refusait à épouser l'une de leurs femmes, beauté asiate au regard brumeux ; son cœur n'avait plus de place pour de nouvelles souffrances.

Il s'arrangeait néanmoins chaque année pour venir à Moscou fleurir les tombes de Sonia et Evgueni au pied du rempart de Novodievitchi, où il passait généralement les mois d'hiver ; sœur Adélaïde profitait de ces passages pour soigner ses blessures, tant physiques que morales.

Il ne paraît pas utile de détailler ici tous ses voyages, toutes ses rencontres, ni ce qu'il advint alors des autres protagonistes de

---

[14] L'empereur Alexandre 1er, vainqueur de Napoléon, mystérieusement disparu en 1825 ; la ferveur populaire a longtemps entretenu la légende selon laquelle il serait parti sur les routes, frappé de mysticisme, abandonnant le pouvoir et ouvrant la voie à l'épisode décembriste.

cette triste histoire. Tout ceci n'a guère d'importance ; cette époque était une sorte d'entre-deux, comme un sommeil de l'âme dont on s'éveille sans souvenir.

Ne sachant que faire de son fardeau que nul ne voulait partager (Lyda la simple vivait dans des sphères trop inaccessibles pour vraiment l'écouter ; elle ressentait d'instinct sa détresse et l'endossait sans question inutile) il ressortit de la boîte en fer blanc le plan ébauché quelques années plus tôt et profita de ses retraites au monastère pour jeter sur le papier les chapitres de sa vie. Il y trouva bientôt un véritable soulagement, s'imposant de raconter sans complaisance ni mortification ce qu'il avait fait, vécu et senti dans son âme et dans sa chair, traitant de son propre cas comme d'une figure ordinaire.

Il était bien nécessaire qu'il prît ainsi le relais de son créateur[15] qui les avait oubliés tous deux au bord du chemin, dans la solitude glacée d'un bagne sibérien… Et peu à peu ce travail d'écriture le rendit à la vie. En insufflant des mots dans ces âmes perdues c'est la sienne qu'il réchauffait, sa pauvre âme chiffonnée et meurtrie, enveloppe vide qu'il remplissait d'air tiède, de couleurs et de sons. Les personnages sortant de leur léthargie se levaient un à un et le prenaient par la main, l'entraînant sur les sentes tortueuses d'une autre réalité. Le

---

[15] Il s'agit là bien sûr de son créateur littéraire, un certain Fiodor Mikhaïlovitch Dostoïevski, d'où le c minuscule (encore qu'un C majuscule lui siérait assez, s'il n'y avait là le risque d'un blasphème…)

roman lui échappait, vivait d'une vie propre. Les phrases s'enchaînaient l'une à l'autre comme un convoi de déportés, la pensée jaillissait derrière le souvenir ; les images fusaient par saccades sous sa plume nerveuse, les paroles venaient se briser sur la grève de papier en vagues de poèmes.

Il finit même par y prendre plaisir : en relisant ses textes il s'étonnait souvent d'y trouver tout autre chose et finit par déceler un sens caché derrière chaque mot. Cela devint une sorte de jeu jusqu'à ce qu'il comprît que sa recherche jadis interrompue avait repris son cours, cette quête assoiffée de la Vérité entamée il y a si longtemps alors qu'enfant il songeait, tapi sous un fauteuil du salon.

Et cette quête c'était la Vie même ; en écrivant , c'est une vie nouvelle qu'il donnait à ses personnages, c'est un amour nouveau qu'il chantait à pleine voix, nourri des cendres de l'amour ancien. Et toutes ces choses revécues ou rêvées paraissaient nimbées d'or comme sur certaines peintures primitives, aux reflets chatoyants du grand soleil de la Connaissance.

Il avançait ainsi de virgule en virgule oubliant de vieillir, comme entre parenthèses, redoutant à peine d'atteindre le point final tant il avait hâte de connaître le dénouement.

Il n'avait plus qu'un chapitre à écrire quand Lyda vint le prévenir dans sa cellule un soir d'octobre qu'elle devait partir au plus tôt pour Peterbourg.

De grands événements s'y préparaient et le haut clergé, reflétant fidèlement le sentiment de l'empereur, chef suprême de l'église orthodoxe, s'inquiétait. Un prêtre illuminé, Iouri Gapone, aumônier des prisons, avait fondé une association d'éducation populaire et pris la tête au printemps de l'ensemble des unions ouvrières de la capitale. Il prêchait des idées avancées inspirées par l'Evangile ; il s'était mis en tête de présenter une supplique à Nicolas, Dieu vivant sur la terre, pour qu'il consente à améliorer le sort de son peuple saigné à blanc par l'effort de guerre contre le Japon.

Les politiciens les plus en vue de l'opposition, parmi lesquels on retrouvait Brakov et Portnoï (ce dernier avait fini par supplanter Balatokov, trop honnête, en se faisant élire au conseil de zemstvo) animaient une campagne de banquets pour protester contre la guerre et tenter d'obtenir enfin la convocation d'une douma nationale dont ils entendaient tirer le plus grand profit. L'initiative de Gapone tombait à point nommé pour relancer l'agitation ouvrière et appuyer leurs propres revendications.

Raskolnikov savait tout cela, informé par les lettres de Razoumikhine qui, très impliqué dans l'édition de pamphlets républicains, lui décrivait mois après mois l'évolution de la situation.

Cependant les choses prenaient depuis peu un tour nouveau ; Zametov, devenu chef de la police secrète, avait mis Dmitri

Prokofievitch en garde, lui conseillant de se mettre à l'abri. Il n'était pas impossible en effet qu'on donnât l'ordre de l'arrêter, afin de mettre un terme à la publication de libelles jugés subversifs.

Ce dernier lui-même était préoccupé car il venait d'apprendre que Portnoï et Brakov poussaient le père Gapone à déclencher la grève générale. Selon lui les deux députés n'étaient que des républicains de façade et obéissaient à une organisation occulte dont l'objectif réel était d'établir une dictature auprès de laquelle l'autocratie tsariste ferait figure d' aimable plaisanterie.

Zametov confirmait toutes ces rumeurs ; le plus inquiétant dans tout cela, c'est que le ministre de l'intérieur, conseillé par sa directrice de cabinet, n'avait pas exclu de recourir à la force pour réprimer toute manifestation d'envergure. Cette femme à poigne n'était autre que la baronne Krov ; devant le semi-échec de la guerre avec les turcs qu'elle avait eu tant de peine à susciter, elle avait tourné sa rage contre l'empereur qu'elle avait décidé de faire renverser. Puisque ses généraux n'avaient pas su lui livrer le sultan enchaîné et roulé dans un tapis ce serait donc lui, Nicolas l'incapable, qui en paierait le prix et lui céderait la place à la tête de l'empire le plus puissant du monde.

D'abord nommée au ministère de la Guerre à son retour de l'Oural, elle avait travaillé à l'ouverture des hostilités contre le

Japon ; puis elle avait intrigué pour obtenir l'Intérieur, poste idéal pour compromettre le régime dans une répression sanglante, et elle semblait sur le point de mettre son plan à exécution.

L'évêque Hermogène, sommé par l'empereur de ramener Gapone à la raison, l'avait convoqué en entretien particulier ; mais celui-ci, grisé par sa popularité et les premiers succès des unions ouvrières, ne voulut rien entendre. Il se prétendait investi d'un pouvoir divin ; nulle autorité, spirituelle ni temporelle, ne pouvait plus l'arrêter.

Le métropolite, craignant avec raison que l'affaire se termine dans un bain de sang, avait alors battu le rappel de tous les ordres hospitaliers et c'est à ce titre que Lyda, dont les talents d'infirmière étaient reconnus, avait été priée de rejoindre sans délai la laure Alexandre Nevski. Il avait aussi dépêché un émissaire secret auprès de Gapone, un moine qui avait mission de porter le débat sur le plan théologique, ultime tentative pour le raisonner.

Rodion, sachant quel climat régnait maintenant sur les routes et dans les rues de Peterbourg et n'ayant plus rien à faire à Moscou, se proposa pour l'accompagner. La supérieure donna son accord sans difficulté, soulagée de voir sœur Adélaïde ainsi escortée au milieu des périls.

Au lendemain de la Toussaint ils se mirent en route. Le jardinier du monastère les conduisit en télègue[16] jusqu'à la place des trois gares où régnait une grande effervescence.

Des paysannes en fichu couvertes de châles traînaient une marmaille pleurnicharde, au coude à coude avec les ouvriers du faubourg en paletot et casquette ; les marchands de Novgorod, certains encore barbus et en caftan, faisaient charrier de lourds ballots à leurs commis en blouses grises parmi les chèvres, les moutons bêlants et les mendiants de toutes sortes qui s'agrippaient à leurs basques. Quelques bourgeois en veston, de nobles étrangers en frac et haut de forme, monocle vissé à l'œil, tentaient de se frayer un passage, précédés de domestiques chargés de luxueux bagages frappés à leur chiffre.

Mais le gros de la foule, masse grisâtre et compacte, était constitué de soldats ; ceux qui montaient au front en uniformes neufs, le fusil bien astiqué en bandoulière, et ceux qui en revenaient, pâles, maigres et poussiéreux, les yeux encore emplis de l'inimaginable. Nombreux parmi eux étaient les blessés, amputés d'une jambe ou d'un bras, aux pansements jaunes de pus tendus sur leurs moignons, béquillant et sautant, les habits déchirés.

Sous le regard froid d'officiers à cheval armés de fouets les deux flux se croisaient en silence sans jamais se mélanger. Il y

---

[16] Sorte de charrette à quatre roues utilisée par les paysans

avait quelque chose de fascinant à observer ce double serpent muet qui s'enroulait au milieu de la place autour d'un marché plein de vie où s'échangeaient dans les cris toutes les marchandises de l'empire, y compris les plus douteuses.

Un troisième flux les accompagnait, dans un seul sens toutefois. C'étaient des filles venues des quatre coins de l'Europe et de l'Asie, vêtues à l'occidentale, outrageusement fardées, l'œil affriolé par toute cette jeunesse niaise et pleine de vigueur. Elles partaient en bataillons serrés vers Port Arthur à la poursuite chimérique de la fortune et de la vie facile, lançant des œillades d'affranchies aux soldats qui montaient au tambour vers le hachoir de la mitraille. Elles n'avaient en revanche pas un regard pour ceux qui revenaient ; ceux-là étaient déjà morts.

Le parvis de la gare de Kazan était transformé en hôpital de campagne. Lyda voulut faire le détour et ils parcoururent, effarés, les rangs de civières où s'activaient médecins militaires et religieuses en blouses bleues et blanches.

Là se trouvaient des hommes jeunes aux plaies béantes, certains éventrés, d'autres sans visage, d'autres encore estropiés des deux jambes. Il y avait même un blessé amputé des quatre membres qui hurlait qu'on l'achève au milieu des plaintes et des râles. L'odeur de la gangrène flottait sur tout cela, et sa douceur horrible était comme le parfum d'une fiancée en visite que tous appelaient, convulsés à ses pieds charmants d'inhumaine.

Tandis que Lyda s'agenouillait pour embrasser le tronc humain et lui murmurer des paroles consolatrices, Rodion aperçut un négociant de sa connaissance qui pénétrait dans la gare, suivi de son commis. Heureux de cette diversion, il le héla et le rejoignit dans le hall immense.

Ils discutèrent un moment cependant que l'employé donnait des indications aux porteurs et supervisait le chargement des précieuses marchandises.

Puis il revint, sa besogne terminée, se plaçant respectueusement à deux pas derrière son patron, la casquette rejetée en arrière. Le marchand le présenta : c'était un jeune suisse féru de voyages et de poésie qui l'accompagnait jusqu'à Kharbine, en Mandchourie, où ils devaient livrer trente quatre coffres de joaillerie allemande, une vraie camelote au demeurant.

«Quel âge as-tu donc, pour entreprendre un aussi long voyage ?... »[17] lui demanda Rodia dans un français un peu hésitant.

«Seize ans, monsieur » répondit-il d'une voix chantante.

«Et tu n'as pas peur de traverser un aussi grand pays à la dérive, si loin des tiens ?... »

«Oh non, monsieur, je n'en suis qu'au début, je veux aller au bout du monde et j'en ferai trois fois le tour, avant de m'arrêter au pied de la tour Eiffel.

---

[17] En français dans le texte, ainsi que tout le dialogue qui suit

Mais vous savez, je n'y vais pas seul : j'ai pris ma maîtresse avec moi, c'est mon violon, ma muse !»

Il tendit fièrement le bras désignant une beauté blonde, très jeune, qui s'avançait en dansant, rieuse et triste à la fois.

Il s'exclama :

« Je l'ai trouvée ainsi, pâle et immaculée, au fond d'un bordel ; elle aussi veut aller tenter sa chance. Mais regardez donc comme elle est mince, sous son pauvre manteau : elle n'a pas de corps !... Je la protégerai. J'ai toute la Sibérie pour la faire changer d'avis. Et voyez son regard : il y tremble un doux lys d'argent, la fleur du poète... »

Rodion la regarda, et il reconnut en tressaillant comme il avait raison. La gorge nouée, les yeux embués de larmes, tout d'un coup il revit Sonia trente ans plus tôt dans cette même gare ; il eut envie de crier.

« Je vous présente mon amie Jeanne, ou plutôt Jehanne, la petite Jehanne de France ; à son bras j'irai jusqu'en Patagonie traquer l'image et le rythme...

Oh oui, garde-la bien, veille sur elle, ne la perds pas en route ; tu ne peux pas savoir comme ces fleurs-là meurent vite, un souffle de vent, pfuittt... et comme on les regrette, comme on les regrette, une vie ne suffit pas.... »

Trépignant d'impatience, l'enfant apostropha le commis avec l'accent aigu de Paris :

« Dis, Blaise, sommes-nous bien loin de Montmartre ?... »

Eclatant de rire devant son petit air mi-moqueur, mi-courroucé, il la prit par la taille et lui ferma la bouche d'un baiser, puis ils s'envolèrent sur le quai dans un sifflement de locomotive, rêvant tous deux au trésor de Golconde.

- Nous allons inaugurer le dernier tronçon du transsibérien, le contournement du lac Baïkal ; mais comme tout cela est triste !... dit le marchand en désignant à la fois les drapeaux qui ornaient le train et les colonnes de soldats qui défilaient sur le quai, dans les vapeurs blanches aux reflets sanglants du couchant.

- La Russie est comme un grand animal blessé : elle peut à tout moment échapper à son maître, et devenir féroce, incontrôlable !...

Raskolnikov acquiesça et ils se dirent adieu. Entre les deux vieillards et dans ces circonstances passa la même pensée comme un ange debout là, au bord du précipice, une épée de flammes à la main.

Quand il retourna sur le parvis il vit Lyda refermer doucement les yeux de l'homme-tronc qui souriait enfin, apaisé à jamais. Ce qui le frappa d'aussi loin qu'il se trouvait ce fut ce rai de lumière, encore un reflet pensa t-il, qui sourdait de ce regard extatique, juste au début du geste.

L'apercevant près d'elle Lyda se releva et lui emboîta le pas sans dire un mot, les yeux baissés, secrète.

XI

AU BORD DU GOUFFRE

A Peterbourg, Raskolnikov avait retrouvé avec joie Dounia qui cherchait à convaincre son mari de quitter le pays quand il était encore temps. Ils vivaient dans une semi-clandestinité et ne purent l'héberger que pour quelques jours.

Kolia devenu officier de la garde vivait au palais d'Hiver et lui confirma que les ordres étaient très stricts. S'il y avait des manifestations on enverrait le régiment cosaque ; la garde impériale formerait le dernier carré autour du palais.

Dmitri Prokofievitch lui fit rencontrer le moine Aliocha qui avait fini par reprendre le froc après maintes hésitations ponctuées de remords. Envoyé en mission secrète auprès de Iouri Gapone il logeait en théorie à la laure Alexandre Nevski dans la partie réservée aux hommes, tout près du bâtiment où résidait sa fille, sœur Adélaïde.

Mais on l'y croisait rarement car il fréquentait beaucoup plus assidûment un bel hôtel particulier au bord de la Moïka, non loin du palais Ioussoupov.

C'était la résidence d'Agrafena Alexandrovna, autrement dit Grouchegnka, son amie de cœur. Celle-ci, qui avait quitté Omsk sans laisser d'adresse après le suicide du commandant Dvorianine, avait vendu tous ses biens et rassemblé sa fortune personnelle devenue considérable. Puis elle était venue s'installer ici où elle avait vécu sans souci ni regret jusqu'au jour où elle avait rencontré Aliocha par hasard, à l'office du soir de Notre Dame de Kazan.

Elle lui avait alors ouvert sa maison et peut-être son lit, à en croire la rumeur. Dans une chambre séparée elle avait fait aménager pour lui un oratoire privé ; et sa vieillesse était illuminée par cette présence sans qu'elle se souciât du qu'en dira t-on et des histoires qui roulaient sur leur compte.

Elle qu'on disait avare donna plusieurs fêtes mémorables où l'on vit se côtoyer l'évêque Hermogène et les muses des cafés étudiants, dont elle préférait la compagnie à celle des dames pincées de la Cour. Aliocha profita du lieu pour organiser de discrètes rencontres où le père Gapone fut invité à discuter de doctrine avec les chefs religieux. Il arrivait certains soirs en soutane accompagné par un mystérieux conseiller enveloppé dans un long manteau, qui dissimulait son visage sous une écharpe noire et un chapeau à larges bords.

C'est très naturellement que Grouchegnka accepta d'héberger Raskolnikov pour la durée de son séjour dans la capitale. Apprenant la mort de Sonia et dans quelles circonstances elle en conçut un vif chagrin, car elle l'avait beaucoup aimée. Elle commanda aux moines de Tver une icône de sainte Sophie qui fut représentée sous les traits de Sonia ; Rodion refusa le cadeau et elle en fit don à l'église Saint Nicolas des Marins où l'on peut encore la voir aujourd'hui dans l'iconostase, à côté de sainte Anne.

Les choses auraient pu durer ainsi dans un climat presque idyllique ; au matin Rodia sortait se promener au bord de la Néva ou dans les îles ; il s'arrêtait souvent à la pointe Vassilievski où il fumait en rêvant. Puis il passait déjeûner chez Dounia quand celle-ci pouvait l'accueillir. L'après-midi il flânait sur la perspective Nevski ; on le voyait parfois au café Pouchkine en compagnie de son ami Ali, poète désormais reconnu et directeur d'une revue en vogue. Ils restaient là des heures à se perdre dans d'interminables discussions sur les tendances artistiques qui fleurissaient à cette époque.

Mais soudain quelque chose se brisa dans ce fragile équilibre, et tout bascula dans la tourmente.

Un conflit avait éclaté aux usines Poutilov où la direction refusait de réintégrer quatre ouvriers membres de l'union ouvrière. Trois jours plus tard, le 20 décembre, on annonça la capitulation de Port Arthur. La nouvelle fit l'effet d'une bombe. Le petit peuple de Peterbourg, terré dans ses maisons-casernes des faubourgs aux ruelles sordides, vaincu par la famine, passa Noël dans la peur et dans l'incertitude. Qu'allait-il advenir maintenant ?... Quels nouveaux malheurs allaient-ils fondre sur la pauvre Russie et broyer ses enfants ?...

Le 2 janvier les treize mille ouvriers de Poutilov se refusèrent à reprendre le travail et bloquèrent les portes. Le lendemain, par solidarité, l'ensemble des sections ouvrières vota la grève générale. Pendant toute cette période Rodion se dépensa sans compter, courant d'une usine à l'autre et de là dans d'obscurs entrepôts où se réunissait le comité de l'insurrection ouvrière. A plusieurs reprises il croisa le conseiller secret de Gapone, le visage toujours dissimulé ; il tenta une fois de l'aborder pour connaître son avis sur la stratégie du mouvement mais celui-ci le voyant de loin s'arrangea pour l'éviter et disparaître à la faveur d'un mouvement de foule. Raskolnikov resta un moment pensif, essayant vainement de remettre un nom sur cette silhouette et cette démarche qui lui étaient vaguement familières.

Gapone avait rompu toute négociation et refusait désormais de rencontrer qui que ce fût ; Aliocha lui-même ne pouvait plus l'approcher. Le prêtre tenait des discours enflammés où se mêlaient l'amour de la patrie et d'un tsar divinisé, la dénonciation des capitalistes exploiteurs et des bureaucrates corrompus, et un apitoiement misérabiliste sur les malheurs séculaires du peuple russe. De jour en jour le cahier de revendications s'allongeait et l'exaspération allait croissant parmi les grévistes, rejoints par les ménagères inquiètes de ne plus pouvoir nourrir une progéniture affamée et remuante.

On ressortit l'idée de la présentation d'une supplique à l'empereur ; quelques directeurs de fabriques, enclins à négocier des hausses de salaires, furent conspués et chassés sans ménagements des assemblées ouvrières chauffées à blanc par les agents du parti clandestin ; des dirigeants syndicaux courageux, qui tentaient de reprendre la main et de canaliser le mouvement, furent copieusement hués et traités de suppôts de la bourgeoisie. Le peuple en marche, ivre de faim et de peur, abusé par la soutane et la voix lénifiante de Gapone, devenait une masse de manœuvre inconsciente qu'on préparait minutieusement pour le sacrifice.

Lors d'une dernière assemblée, où fut retenu le principe d'une grande manifestation pour aller porter la supplique au Palais, Rodion lui-même prit la parole pour tenter d'expliquer que c'était une folie, qu'un massacre s'ensuivrait inéluctablement ; devant la fermeté de son propos et son regard assuré les premiers rangs se turent et l'écoutèrent attentivement ; peu à peu le brouhaha cessa dans le hangar alors qu'il détaillait les mouvements militaires qui s'étaient discrètement opérés dans la capitale. Alors qu'il parlait un gamin des rues lui apporta un billet de la part de Zametov. Découvrant son contenu Rodia pâlit et parut décontenancé ; tout s'effondrait autour de lui. Le pacte était rompu. Un syndicaliste face à lui l'apostropha : « eh bien camarade, qu'y a t-il ? Poursuis donc ton discours, tu nous intéresses ! Et si ce papier nous concerne, tu dois nous le lire ! »

Dans un état de désespoir rentré et de sombre jubilation, car il sentait que la nouvelle était de nature à retourner la situation, Rodion inspira profondément et reprit la parole :

- N'y allez pas, mes amis, je vous en conjure ! Non seulement le danger est immense, mais de plus cette manifestation perd tout son sens : on m'apprend par ce billet que l'empereur et toute sa famille viennent de quitter le palais pour Tsarskoïe Sielo !.... » (il y eut des exclamations et des cris de rage ; puis la rumeur s'apaisa, ils voulaient en savoir plus) « Nicolas ne recevra pas vos délégués, il n'écoutera pas votre supplique ; son départ lui a été soufflé par le ministre de l'Intérieur, « pour des raisons de sécurité ». En réalité, le ministre et surtout sa conseillère, Krov la sanglante, veut avoir les mains libres pour exercer une répression sans pitié ! La garnison a été renforcée, quarante mille hommes sont sur le pied de guerre, tous les ponts sont gardés : aucun de vous ne pourra approcher du palais et les troupes vous couperont toute retraite : vous serez piégés !

Notre tsar, notre petit père, a été abusé, on lui cachera la vérité tandis qu'on vous massacrera ! Il n'est déjà plus là pour arrêter le bras des assassins !

Réfléchissez, n'y allez pas ; ressaisissez-vous, écoutez les syndicats, laissez-les négocier vos salaires ; cela vaudra toujours mieux que d'aller en troupeau à l'abattoir, et d'ajouter le malheur au malheur !

Cependant il y eut des mouvements violents au fond de la salle ; après une brève échauffourée un homme en chapeau et en écharpe encadré par quelques gros bras aux mines patibulaires fut hissé sur des caisses empilées et entreprit de haranguer la foule avec un porte-voix, couvrant ainsi les dernières paroles de Raskolnikov que peu de gens purent entendre.

- C'est faux ! Il ment ! Tout cela n'est qu'un tissu de mensonges, destiné à endormir votre conscience collective et à vous ramener docilement à la maison !... C'est maintenant si vous cédez que les cosaques viendront vous cueillir à vos portes et vous massacreront !... Notre divin tsar est là et bien là, il nous attend au palais d'Hiver ; il saura nous écouter si nous nous levons en masse ! Il aime son peuple et il reconnaîtra ses souffrances et sa colère !... Marchons tous ensemble jusqu'à lui et prosternons-nous à ses pieds, sa main généreuse saura consoler notre peine et nous rassasier, nous et nos enfants !... N'écoutez pas cet homme, ce n'est qu'un vulgaire assassin devenu agitateur de la police secrète ! Le message qu'il vient de lire est un communiqué de l'Okhrana[18] ! Ose dire, Raskolnikov, que ce n'est pas vrai !... Je t'en défie !

Vous voyez, il ne répond rien ! C'est un aveu ! N'écoutez pas la voix de la provocation policière, rejetez cet envoyé

---
[18] Police secrète des Romanov

du diable dans les ténèbres extérieures, qu'il ne prenne pas part au festin qui nous attend !

Suivons la voie de Dieu, qui mènera notre peuple au Bonheur !

Des huées s'élevèrent ; on conspuait Rodion. Cependant les premiers rangs hésitaient, certains qui le connaissaient le soutenaient ; les sbires du conseiller s'avancèrent agitant de lourdes chaînes et la foule craintive s'écarta, leur ouvrant le passage.

Tandis qu'ils se saisissaient de lui, l'autre, toujours juché sur sa tribune improvisée, ôta son chapeau d'un geste théâtral ; Raskolnikov reconnut le visage ricanant de Voronkov. Alors qu'on le traînait sans ménagements vers la sortie il s'écria :

- Pour l'amour de Dieu, ne suivez pas cet homme ! C'est lui l'agitateur, c'est un envoyé du démon, il ne vous aime pas, il veut votre perte !...

Mais personne ne l'écoutait plus désormais ; on discutait fébrilement l'organisation de la manifestation.

Un coup de poing lui ferma la bouche. Il fut jeté dehors sans brutalités inutiles ; les hommes de main ne prirent pas la peine de le passer à tabac tant ils étaient pressés de retourner à l'intérieur encadrer le déroulement de la séance.

Dans la rue déserte aux pavés disjoints, après avoir marché une bonne centaine de pas Raskolnikov dut s'arrêter un instant pour souffler. Depuis quelque temps déjà il ressentait d'étranges phénomènes : une sorte de brûlure le saisissait au milieu de la poitrine, comme une inflammation des bronches sans toux ni fièvre. Ce n'était pas une douleur à proprement parler mais plutôt comme un serrement de cœur, une nostalgie douce-amère qui l'étreignait et lui prenait aussi la gorge ; il l'accueillait sans déplaisir ainsi qu'une vieille compagne dont la figure ridée, acide, vous rappelle vaguement d'anciennes suavités. Cette étreinte le laissait inerte et pantelant ainsi qu'une poupée mécanique dont le ressort s'épuise et que l'on jette dans un coin sombre, derrière le décor, jusqu'à la prochaine représentation. Il avait eu la chance jusque là de toujours trouver l'appui d'un mur ; car l'air lui manquait et la force de bouger, ses jambes et ses bras se figeaient, son esprit toujours en mouvement cristallisait soudain sur une idée suspendue juste devant son nez, merveilleuse et pourtant inaccessible. Il restait là stupide dans la contemplation de cette imminence, la désirant de toutes les forces de son esprit cependant que l'animal en lui se débattait, cherchant à retrouver le chemin de l'existence. Il respirait profondément une fois, deux fois, brisant les liens invisibles qui paralysaient sa poitrine ;

étourdi il écoutait battre le sang qui se ruait à gros bouillons dans les artères de son cou. Puis il repartait perplexe, cherchant à rappeler l'illumination déjà enfuie.

Au début cet étrange phénomène survenait le matin à la promenade, avec une régularité d'horloge ; et maintenant cela se produisait plusieurs fois par jour, s'accompagnant de plus en plus souvent d'une mélancolie incoercible. Son ami le docteur Zossimov auquel il avait parlé incidemment de ses malaises avait évoqué l'angor et lui avait conseillé le repos ainsi que l'arrêt immédiat du tabac. Il est vrai que les crises apparaissaient toujours quelques minutes après les cigarettes dont Rodion ne pouvait plus désormais se passer.

Arrivé sur l'avenue il héla un fiacre qui le ramena directement chez Agrafena Alexandrovna. Il se promit de faire un effort, mais après, après seulement, quand tout irait mieux !…

XII

DIMANCHE ROUGE[19]

Le lendemain, c'était le dimanche 9 janvier, un émissaire de l'évêché vint les prévenir que l'on observait un grand rassemblement autour de Gapone dans le faubourg de Narva, près des usines Poutilov. Pressentant le drame, Rodia et Aliocha se firent conduire par le cocher de Grouchegnka ; celle-ci, inquiète, leur recommanda la plus grande prudence.

---

[19] Le **Dimanche rouge** (en russe : Кровавое воскресенье, littéralement « dimanche sanglant ») du 9 janvier 1905 (22 janvier 1905 dans le calendrier grégorien) à Saint-Pétersbourg, capitale de l'Empire russe, désigne la répression sanglante d'une manifestation populaire sur la place du palais d'Hiver par l'armée impériale, qui tira sur la foule. Cet événement dramatique marque le début de la révolution russe de 1905.

Ils firent le détour par le centre. La place du Palais et celle du Sénat étaient occupées par des détachements à cheval ; des compagnies du régiment de la garde impériale avaient pris position tout autour de l'Amirauté, du Palais d'Hiver et de l'Ermitage. Les ponts sur la Néva étaient restés fermés. Un pâle soleil bas sur l'horizon éclairait tout cela d'une lumière lugubre, qui projetait sur la neige des plaques d'ombre grisâtre.

Tout au long des avenues, à chaque carrefour des groupes de cosaques étaient postés. Ils avaient allumé des feux pour se réchauffer ; les fusils à baïonnette étaient posés en faisceaux et les chevaux attachés soufflaient bruyamment une vapeur blanche.

Mais le gros des troupes était concentré sur les ponts du canal Obvodny et au delà, aux lisières de la ville impériale. La milice les contrôla plusieurs fois et les laissa franchir chaque barrage, grâce au sauf-conduit d'Aliocha.

Arrivés devant l'arc de triomphe de la porte de Narva ils furent néanmoins contraints de s'arrêter ; ils descendirent et renvoyèrent le coche. Le cortège arrivait. Rodion alluma une cigarette.

Une foule bigarrée d'hommes en blouses courtes d'ouvriers, de femmes aux robes rapiécées et d'enfants en guenilles marchait derrière Gapone, revêtu de sa soutane noire et de son bonnet cylindrique ; une grosse croix d'argent brillait sur sa poitrine. A ses côtés venaient d'autres ecclésiastiques ainsi que les chefs de l'insurrection ; d'immenses bannières flottaient, avec les figures du Christ et de la Vierge Marie. Il y avait aussi des drapeaux tricolores qui claquaient dans le vent aigre avec des portraits de Nicolas en médaillon. Un cantique s'élevait jailli de mille poitrines soulevées de ferveur populaire. Ils avançaient calmement mais sûrement, pacifiques, et on lisait sur les mille visages la même confiance naïve, sans limites, dans la justesse de la cause et la bonté du tsar.

Une fenêtre était ouverte à un étage élevé de la rotonde qui ceinturait la place. Rodion leva les yeux et reconnut les députés Brakov et Portnoï ; ils saluaient et encourageaient la foule en riant, une flûte de champagne à la main. Le soleil était presque à son zénith hivernal, à peine au-dessus de la ligne des toits ; un point noir, à peine une poussière, passait doucement devant le disque terne et semblait se diriger vers lui.

Tout autour de l'arc de triomphe et devant, une compagnie de cosaques avait pris position. Rodia et Aliocha, impuissants, étaient retenus par un cordon de miliciens. Ils virent arriver au grand galop la berline noire du préfet de police, tirée par cinq chevaux. Celui-ci en grand uniforme chamarré descendit et s'avança vers la foule qui s'était arrêtée à la lisière de la place. Les douze coups de midi sonnèrent à un clocher voisin.

Le vieillard à barbe blanche, d'une stature impressionnante, s'avança vers Gapone.

D'une voix forte il l'interpella :

- Une dernière fois mon père renoncez à cette marche. Vous le pouvez encore ; un mot de vous et tout rentrera dans l'ordre. S'ils partent maintenant et retournent pacifiquement chez eux il ne leur sera fait aucun mal, je m'en porte garant.

Remettez-moi cette supplique et ordonnez la dispersion. Si vous continuez à avancer je serai contraint d'appliquer les ordres reçus de ma hiérarchie, quoi qu'il m'en coûte.

- Jamais nous ne céderons devant la force de l'injustice. Le peuple de Russie veut rencontrer son tsar aimant en tête à tête et sans intermédiaire, comme il l'a toujours fait dans les moments de vérité.

Retirez vos troupes et laissez-nous passer, car nous ne nous arrêterons pas.

Le préfet de police soupira, puis il reprit :

- Ainsi c'est votre dernier mot ?... Vous choisissez la guerre, contre la paix ?... Vous, un prêtre de Dieu ?...
- Nous voulons la justice, et du pain.

Gapone éleva les bras dans un geste d'oraison et clama : « mes frères, en avant ! ». La procession s'ébranla, reprenant le cantique interrompu.

Le préfet pointa son sabre et lança un ordre bref. Aussitôt des coups de feu claquèrent, couverts par le brouhaha. Les manifestants continuèrent à progresser, s'écartant à peine autour des corps qui s'affalaient déjà sur le sol.

Un feu roulant décimait les premiers rangs ; le peuple avançait toujours. Le préfet leva à nouveau son sabre et la cavalerie entra en action. Les charges qui venaient de trois côtés firent bientôt éclater le cortège. Les cosaques déchaînés abattaient leurs nagaïkas[20] indistinctement sur la tête des hommes et des femmes ; ou bien ils les frappaient du plat de leurs sabres tandis que les chevaux piétinaient des corps allongés et ensanglantés. Des hurlements de peur et de douleur s'élevaient, parfois couverts par les cris de rage des soldats, et la panique s'empara des manifestants qui, lâchant leurs bannières, s'enfuirent dans les rues adjacentes et les cours des immeubles, poursuivis par les terribles centaures.

Dès le début de cette violente charge les gros bras qui suivaient Gapone l'avaient empoigné et tiré dans une ruelle qui donnait sur la place ; Raskolnikov, suivant ce

---

[20] fouets cosaques aux lanières lestées de plomb et armées de crochets à leur extrémité

mouvement des yeux, eut tout juste le temps d'apercevoir le visage grimaçant de Voronkov qui ouvrait la portière d'un fiacre où Gapone s'engouffra. Avant de monter le rejoindre le comte se retourna, hilare, et agita la main en sa direction. Puis la voiture partit au triple galop, sans égard pour le massacre qui se poursuivait avec entrain.
Cependant, le cordon de miliciens s'était disloqué pour laisser passer la cavalerie et n'avait pu se reconstituer, sous la pression des fuyards. La plus grande confusion régnait ; des manifestants avaient réussi à se regrouper et avaient franchi la porte de Narva. Ils couraient sur l'avenue, poursuivis par quelques cosaques furieux.
Aliocha dit à Rodion :
- Cours chercher Lyda, de mon côté je reste ici ; je vais tâcher de secourir les blessés, au moins les mettre à l'abri. Tu la trouveras au poste de secours près de la place du Palais. Va jusque là si tu le peux, et ramène-la ici avec un médecin et une équipe de brancardiers. Dieu te garde ! »
Dieu ? Quel Dieu ? Celui qui a permis ce massacre d'innocents ?… pensa Rodion. Il ne répondit pas, et eut un long regard appuyé pour Aliocha qui courait déjà en tous sens, indifférent à la mitraille ; confessant les mourants, bénissant les morts, il allait, tirant une femme inconsciente par les épaules, et tentait de regrouper une petite troupe d'éclopés sous un porche. Une odeur âcre,

enivrante, flottait dans un brouillard de poudre et de sang.

La fusillade cessa, la fumée du sacrifice se dissipa, dévoilant le pâle soleil de janvier accroché à la pointe de l'Amirauté, trophée dérisoire. Tout au long du ruban blanc de l'avenue, des tas grisâtres étaient éparpillés, certains auréolés de rouge. Au loin des cavaliers galopaient, et leurs sabres brandis lançaient des éclats métalliques qui se fichaient comme des pointes dans le cœur

Aux reflets des fenêtres ouvertes sur les cris de douleur lances croisées de part et d'autre de la lice

Bannières abandonnées rouges aussi

Pleurs

Un enfant tient la main de sa mère

Morte

Le Christ ensanglanté

Au milieu des cadavres

Un fiacre renversé brûle

Des hommes passent aux regards funèbres

Nicolas est parti à Tsarskoïe Sielo

Pourquoi pourquoi pourquoi

Nous a t-il abandonnés

Murmurait la voix

Il n'avait pas le droit

On l'a trahi trompé

Mais en tous cas je sais je sais ce qu'il faut faire

Je le ferai j'irai j'irai partout dans les faubourgs

Les usines les plaines les montagnes les rivières et les bois

Je clamerai

La mort de la Russie

Nicolas est parti à Tsarskoïe Sielo

Pendant qu'on massacrait

Son

Peuple

Sans armes

Les mains vides

Nous avions faim

Nous avions froid

Nous réclamions justice

Nous demandions seulement

L'amour

Un peu d'amour

A notre maître

Et le maître est parti à Tsarskoïe Sielo

Grondait la voix

Dieu avec lui

Dieu dans sa poche

Il était avec nous

Il était avec lui

Il est parti

Gapone

A Tsarskoïe Sielo

Faut-il que l'on se couche à plat dos rêvant dans les

nuages

Et qu'on attende ainsi jusqu'à l'éternité

Que coule le sang des enfants

Eh, petite mère

Berce-les

Tes enfants

Petite mère assassinée

Toute cette chair et tout ce sang

Ce sont les tiens

C'est le pain et le vin qu'on nous avait promis

Mangeons ce pain   Buvons ce vin

Relevons les bannières

Elles aussi ont bu de ce calice

Et sont devenues rouges

Quel est ce visage brodé

Caché

Comme elles brillent dans la nuit nos oriflammes

Cette nuit qui s'annonce

Marchons chantons à pleine voix le cantique du sang

Au festin de l'Atride invitons-nous

Au palais de Tauride attablons-nous

Nous irons les chercher à Tsarskoïe Sielo

Ainsi tonnait la voix d'airain

Des hommes aux regards funèbres

Raskolnikov les suivait

L'enfant marchait à son côté

Et lui tenait la main

Elle dort ta maman   Viens

Il ne faut pas la réveiller

Elle rêve avec toi

D'un ciel d'or

Tu ne sais pas monsieur

Elle ne peut pas venir

Elle ne peut plus rêver

Elle est morte

Ne pleure pas

Petit

La Mort n'existe pas

Elle est là

Ta maman

Elle marche à tes côtés

Invisible et te protège

Viens petit viens

Courons

Les cavaliers

Il faut leur échapper

Regarde on y est presque

　　　　　　　　Ils sont venus
　　Là-bas au bout là-bas de l'avenue　　　　　　　La steppe

　　　　　　Mais quelle heure a sonné
　　　　　　　Comme il est tard
Tu vois la tente au loin　　　　　　　Les kirghizes
　　　　　　　La croix

Attends attends arrête　　　　Tu vas

Courir cela fait mal　　　　　Aller là-bas

Je suis essoufflé　　　　　　Sous la tente

Essoufflé　　　　　　　　　Des religieuses

　　　　　　　　　　　　　Demande

Demande　　　　　　　　　Lyda

Sœur　　　　　　　　　　　Dis-lui

Adélaïde non　　　　　　　Venir

Lyda　　　　　　　　　　　Maintenant

Ces flocons dans les yeux　　Mais toi

Ils me font mal　　　　　　Petit

Souffler	Dis-moi
Inspirer	Comment
Expirer	Petit
Le ciel tremblé	Comment
Le dôme	Quel est ton
Il bouge	Nom
Le ciel gris strié de neige	Les deux grands yeux
Griffé de blanc	Immenses
Bientôt la nuit	Dieu ce regard
Il y a des cris encore	Membres disloqués
Des coups de feu toujours	Têtes éclatées
Lignes déchirées	Chairs molles enroulées
Les grilles du palais	Aux barreaux
Masse sombre	Les os brisés pointus
Ruée là	Tiges de fonte
Monceau de corps	Le froid le froid le froid

. . . .	Visages convulsés
Souffler encore	
Et ce bruit de galop	Oui
Aux quatre directions	Il bouge
	Maintenant
Evguéni, monsieur	Mon Dieu
Et moi	
Raskolnikov	Saint Isaac au casque d'or
Va petit	Vacille à droite à gauche
Va	Et se dresse doucement
Et n'oublie pas	
Il faut aimer	Les cavaliers
C'est cela	Dans le ciel
Il faut	Ils sont quatre
Aimer	Aux quatre directions
. . . .	Le mouvement
Lyda	Encore
Raskolnikov	S'arrête
Tu retiendras	En

Va	Suspens
. . . .	Là
Un regard de jais	. . . .
Enigmatique	Je
A la fenêtre du palais	Suis
Croise le sien	. . . .
Jésabel	Je
La fenêtre se ferme avec	N'ai
Un claquement sec	Pas
Le ciel est tout à fait noir	Mal
Maintenant c'est la flèche	Non
Dorée	C'est autre chose
De l'Amirauté	Je brûle
Elle bouge aussi et puis	
Aussi se dresse	
	Des hommes encore
Un visage apparaît	Avancent
Gigantesque	Et des femmes
Sous le dôme	

Saint Isaac est la tiare

Posée   Le cavalier de l'est

Sur cette tête de géant   Va sur un cheval blanc

                                         L'arc à l'épaule

Le feu m'embrase   C'est un enfant

Et   Un tout petit enfant

Me consume

Mais   Le cavalier du sud

Je n'ai   Va sur un cheval rouge

Pas   L'épée brandie

Mal   C'est un jeune homme

Je ne sens   Son regard est brûlant

Rien

                                         Le cavalier de l'ouest

Je le vois là-bas   Va sur un cheval noir

Il court à perdre haleine   Fléau en main

Evguéni petit garçon   C'est un vieillard

Attendre

Juste attendre   Pas à pas

Rester debout

Ne pas bouger

Lyda

J'ai froid soudain

Et faim

Il y a des feux

Plus loin

Les soldats

Quel est celui-là

Qui approche

Sa barbe flotte au vent

Le cavalier du nord

Va sur un cheval pâle

Il tend la faux

C'est un squelette

On le nomme la Mort

Ils viennent de là-bas

De l'enfer

. . . .

Son visage-soleil

Coiffé d'arc-en-ciel

Ses jambes

Colonnes de feu

Son regard me brûle

Il rugit

Sept tonnerres lui font

Echo

Me tend un livre ouvert

MANGE-LE

Quelle douceur de miel

Mais aussi

La douleur m'arrache

Les entrailles

Et l'Hadès vient derrière

L'amertume et

La peur

La terre a tremblé sous

Lyda

Leurs sabots

Ils arrivent

Le géant s'est levé

Son torse constellé de

Ils sont là

gemmes

Tous ont le même visage

Casqué de bronze

Le mien

aux colonnes d'albâtre

Je les vois mieux

Ils sont douze

De la Néva bouillonnante

Le soleil a bondi

J'ai peur

L'horizon fuse et saute

Blottis-toi

Et la lune

Contre moi

Sautille une maclotte

J'ai mal

Le groupe

Là-bas

Un enfant marche devant

Evguéni   Et voici Smertiakov ! ! !

                                  Il fauche les étoiles

Ils avancent   Elles tombent

Qui sont-ils   Une à une

Que veulent-ils   Tout est flou

                                  On dirait

                                  Un tableau

J'ai froid encore

Le brouillard   Une huile comme au

                                  Musée

Le géant marche devant   Impression

De sa dextre il tient levé   Soleil levant

Son sceptre d'or

L'Amirauté   Fumée âcre

                                  Bivouac cosaque

Marguerites coupées   La neige brûle

                                  Avec

Et la nuée se

Déchire

Dévoilant…

Ce n'est pas un géant

C'est un homme

Je le distingue un peu

Il y a quelque chose

Il porte une couronne

Il y a des feux encore

Ici et là

La terre frissonne à nouveau

Ils sont encore trop loin

Ils avancent toujours

Qui sont-ils

Le

Sang

Tout ce sang

Comme un sanglot

Où est ce goût de miel

J'ai soif

Aussi

de Vérité

Dans le ciel

Le point a grossi

On dirait un ballon

Ou plutôt

Une montgolfière

Que le vent pousse

Le voici au zénith

Il n'est pas haut

	Un visage est penché
Que me veulent-ils	Au bord de la nacelle
	Grimaçant
	Je l'entends
Et Celui-là qui va devant	Il ricane
	C'est lui
	Svidrigaïlov
Ils viennent me chercher	Viens
Mais il est tard	Ils viennent te chercher
Si tard...	T'arrêter
Je dois partir	Tu dois fuir
	Monte avec moi
	Je vais là-bas
Bien loin là-bas au delà	Très loin
de l'Euripe	En Amérique
Je voudrais m'abreuver	Où il n'y a
Aux fontaines d'Euphrate	Ni Dieu ni diable
	Nous serons bien avec
Mais je titube et	La Prostituée

tombe

à

genoux

Quelque chose a cassé

Là

Dans la poitrine

Là

Il est là

Devant moi

La corde passe et

M'effleure

Un chapeau tyrolien tombe

A mes pieds

Enfin le silence

Silence

Assise

Au bord des eaux

Qui règne

Sur les nations

Je serre entre mes

doigts

La petite croix

de cyprès

Sonia

Il s'éloigne

Le point là-bas

Disparaît

Entre les deux tours

Immenses

Silence   Qui

Explosent   Fracas

Effondrement   Silence

Silence   . . . .

. . . .

. . . .

. . . .

                              . . . .

        Mais

        Tu pleures

    Quel est ce trou dans ta poitrine

Et dans tes mains   Tes pieds

         aussi

    Tout ce sang sur ton front

Ces épines   C'est là ta tiare

 Ils t'ont donné ce jonc   Sceptre dérisoire

    Et ce cheval que tu tiens par la bride

       Haridelle efflanquée

    Tu me regardes tu pleures encore

Avec toi ils font cercle et rient et pleurent autour de

        moi

Salut à vous   ô vous mes chers défunts
Sonia Sonia que fais-tu là cet enfant dans tes bras
Et vous aussi Elisabeth
Nathalie ma triste amie
Maman montre-toi donc   comme tu es belle
Toi, Porphyre ?… Tu m'aimais donc vraiment ?
Et toi, Kostia, tu es venu aussi ! Tu es le seul vivant
C'est bien d'être fidèle au rendez-vous
J'avais quelque chose à te dire, c'est vrai
Un secret   Je te l'avais promis
Mais vois-tu
Je ne m'en souviens plus
Je l'ai su tout à l'heure
Oui, c'est cela   cela me revient
On doit chercher   marcher   marcher sur le chemin
Regarder en tous sens
Un jour on trouve
Et   on   oublie   aussitôt   le secret
Va
Parmi les vivants
Dis leur
Que je m'en vais
Le cœur brisé
Mais dans la bouche
L'insoutenable goût du miel

Une chanson qui passe

C'est cela

Notre vie

une

        chanson

                qui

                          passe

L'Amour à pleine voix

Je demande pardon

A tous

Pour tout ce que j'ai fait

Et plus encore pour tout

Ce que je n'ai pas fait   pas dit

Pour les mots oubliés

Pour le Mal et pour le Bien

Pour le Tout et pour le Rien

Pour le jour et la nuit

Pour l'amour et la haine

Et pour l'indifférence

j'accepte de Te

Suivre

Toi

L'Etranger

Qui as pleuré   pour moi

Pleuré

Pour

Moi

pour moi !

Mais qui es-tu ? Et que t'ai-je donc fait pour que tu souffres ainsi ?…

Mais je te reconnais ! JE TE RECONNAIS !

Tu es…

. . . .

. . .

. . . .

. . .

. . . .

. . .

. . . .

. . .

. . . .

. . .

Le soleil et la lune et les étoiles aussi ont disparu dans les ténèbres. La terre a frissonné une dernière fois ; seuls les feux des bivouacs sont restés allumés. Leurs points se sont rejoints en une ligne de flamme et les pans de la nuit déchirée se sont écartés comme un immense rideau de théâtre.

Un chat s'est enfui en miaulant drôlement. Quelque part, très loin de là sur une île grecque, un temple s'est effondré dans un bruit de tonnerre. Il n'en est pas resté pierre sur pierre.

Au matin transi, une patrouille de la garde est passée sur l'avenue. Les soldats chantaient « *Le petit hameau* »[21]. De la vapeur blanche sortait de leurs lèvres gercées. Des larmes gelées zébraient le visage de l'officier. Pleurant l'honneur perdu de la Russie impériale. Quand ils se sont arrêtés on a entendu une sorte de mélopée. L'officier s'est avancé.

Il y avait là un homme mort, un grand vieillard maigre, la barbe prise de glaçons. Un chapeau tyrolien traînait sur le sol devant ses pieds chaussés de bottes grossières. Il était allongé sur le dos et souriait vaguement, le regard écarquillé sur le ciel encore brouillé de nuit, comme étonné. Une sœur agenouillée près de lui l'entourait de ses bras et chantonnait doucement.

---

[21] En français dans le texte

La relevant avec précaution Kolia a reconnu Lyda. Elle était bleue de froid, des larmes gelées brillaient sur son visage.

- C'est Rodetchka. Il est parti. L'autre garçon est venu, il l'a fait monter sur le cheval. Je les ai vus. Ils sont allés jouer dans la prairie, là-haut. Mais pourquoi n'ont-ils pas voulu m'emmener avec eux ?... Ils avaient l'air si heureux là, ensemble !...

Kolia a levé les yeux. Devant lui, le cœur arraché du soleil éclaboussait de sang les toits, les murs, les places et les rues de la ville agonisante, lovée sur sa douleur. Il a pris sa sœur dans ses bras et l'a serrée longtemps contre lui. Un soldat s'est approché, il a ramassé le chapeau et l'a posé délicatement sur le visage du mort. Lyda s'est mise à sangloter comme une enfant inconsolable.

EPILOGUE

J'ai passé dans leur ville ; c'était la fin du joli mai, l'année du millenium. Les nuits blanchissaient déjà.

Sur la perspective Nevski devant la bibliothèque, un petit clochard barbu avec une dent en or m'a fait signe d'un air complice. Je l'ai suivi, je suis entré dans le café Pouchkine. Le garde à l'entrée l'a obligé à rester dehors. Le vieux m'a agrippé la manche et il a murmuré : « Est-ce un si grand crime, quand petit frère tue Baba Yaga[22] ?... », puis il m'a poussé à l'intérieur.

Il y avait là un moine, un très vieux moine oublié de Dieu avec une robe de bure toute tachée, toute dégoûtante ; et à côté de lui un grand chat noir trônait sagement sur une chaise de velours.

Je me suis assis avec eux et nous avons parlé. De quoi ?... Ca ne vous regarde pas. La nappe était bien blanche, les blinis étaient bons, et tous les cœurs contents.

---

[22] Sorcière-ogresse des contes russes

Le chat m'a donné une boîte en fer blanc, une vieille, très vieille boîte de biscuits, avec des images de Saint Isaac toutes noircies peintes dessus.

Il a grincé : « Je te conseille particulièrement le dernier chapitre, c'est moi qui l'ai écrit ». Puis il m'a griffé au sang, comme je faisais la moue. Le vieux moine a dit : « Pardonnez à Béhémoth ; il est vantard et facétieux. Et puis ce n'est qu'un chat, après tout. Quant à moi je vous laisse, le temps est accompli. Je vais enfin pouvoir dormir. »

Aliocha s'est levé en souriant puis il a explosé dans un nuage de poussière. Ca a fait un sacré raffut dans le restaurant. Le chat a bondi en miaulant et en a profité pour se carapater; et moi j'ai dû payer l'addition pour tout le monde, et le nettoyage en plus.

En sortant sur l'avenue inondée de soleil j'ai vu le barbu me saluer, de loin ; sa dent en or brillait très fort. Il était perché quelque part en l'air et il souriait toujours. J'ai couru pour le rattraper mais il semblait s'éloigner au fur et à mesure que j'avançais. Ses contours se sont estompés dans l'air tremblant mais sa dent brille encore et toujours, là-haut tout là-haut, à la pointe de la flèche de l'Amirauté.

C'est à l'hôtel en ouvrant la boîte que j'ai trouvé le manuscrit. J'espère que vous avez aimé l'histoire ; elle est entièrement vraie. Le chat me l'a dit. Il faut toujours croire ce que les chats vous racontent ; sinon ils vous griffent !...

© 2020, Jean DUPLAY

Edition : BoD – Books on Demand,

12-14 rond-point des Champs Elysées, 75008 Paris

Impression : BoD - Books on Demand, Norderstedt, Allemagne

ISBN : 9782322205820

Dépôt légal : mars 2020